JN317886

まもなく電車が出現します

似鳥 鶏

「壁男事件」が起きた現場である芸術棟が封鎖され、困った文化系のクラブや同好会が新たな棲処《すみか》を探し始めたせいで、当然の如く各所で紛争が生じた。部員が実質一人の美術部に所属する僕は美術室に活動場所を移すことでことなきを得たのだが、これで落ち着いて作品に取り掛かれるかと思いきや、美術部の領地と思しき開かずの間をめぐる鉄研と映研の争いに否応なく巻き込まれてしまう。しかし翌日、その開かずの間に突如、異様な鉄道模型が出現!? 表題作を含む五編を収録の、山あり谷あり、波瀾万丈で事件に満ちたコミカルな学園ミステリ短編集。

まもなく電車が出現します

似鳥　鶏

創元推理文庫

DO CATERPILLARS DREAM OF BUTTERFLY?

by

Kei Nitadori

2011

目次

まもなく電車が出現します

まもなく電車が出現します

親戚のお兄さんの言うところによれば、世の中には「蚊男《かおとこ》」「蚊女《かおんな》」なる人種がいるらしい。蚊の姿をした怪人のたぐいではなく、皆と一緒にいる時になぜか一番に蚊に刺される、他は誰も刺されていないのになぜか自分だけ蚊に刺される、という不幸な体質の人たちのことである。同様に「煙男《けむりおとこ》」「煙女《けむりおんな》」なる人種もいて、これは焚き火や花火をしているとなぜかそいつの方にばかり煙がいく、という人のことらしい。

そしてその伝でいくと、僕はさしずめ「事件男」ということになるそうだ。つまり「いるだけで事件が寄ってくる男」である。

嫌なことをおっしゃる、と思ったが、実はそういうふうに言われるのは初めてのことではなく、高校の先輩にも「事件を吸い寄せている」と言われたことがある。一人の評価なら「この人にはそう見られているのか」で済むのだが、二人の人から別々に同じことを言われたとなると、その評価は客観的に正しいのだろうと考えざるを得ない。

事実、小・中学校時代を振り返ってみると、なるほど僕の周りでは変な事件がよく起こっていた。高校に入学してもその傾向は変わらず、一年次の冬に学校で起こった「壁男事件」に至っては警察沙汰になった上、マスコミに取り上げられるほどの騒ぎになってしまった。自分の学校で起こった事件が報道された、という経験がある人はなかなかいないわけで、そのあたりを考えると、僕の周りで事件がよく起こる、というのはやはり事実であり、思春期にありがちな「自分だけが特別だという妄想」で片付けるわけにはいかないようだ。

僕がそう認めると、親戚のお兄さんは口許《くちもと》に不吉な笑みをこびりつかせて「この先、お前の周りにはまだまだ事件が起こるだろう」と厳《おごそ》かに告げた。この人の予言は内容が悪ければ悪いほどよく当たるため嫌な予感がしていたのだが、現在のところそれは見事に的中していて、僕の周囲では事件発生の確率を決めるプログラムにバグでも入っているのではないかというほど変な事件が続いている。何しろ「壁男事件」が一応の解決をみてから何日も経たないうちにもう僕は妙な揉《も》め事に巻き込まれたのだ。自分の周囲で起こる事件すべての糸を引いている黒幕がどこかにいて、そいつをやっつければ世界が正常に戻るのではないのか、などと埒《らち》もないことを考えてしまう。もちろん、そんなことはありえない。

＊

「壁男事件」が報道されてから何日かの間、僕の通う某市立《いちりつ》高校ではある種のお祭り騒ぎが続いていた。事件の内容からすれば陽気な騒ぎになるはずがなく、騒ぎといってもマスコミが校門に張りついて登下校中の生徒を捉まえたりフェンスに張りついて事件現場の「芸術棟」を撮影したり、どうやったのか校内に侵入して休み時間に教職員を捉まえたりする、といった散発的な非日常の積み重ねに過ぎなかったのだが、我が市立高校はドラマの撮影に使われるでもなく芸能人が通うわけでもないいたって普通の学校である。テレビは観るものであり新聞は読むものであると断じて疑わぬ生徒・教職員にとっては、校長がテレビに映ったただの何組の誰それがマイクを向けられたただのの話題が毎日のように飛び交う状態はやはり一種のお祭りであるといえる。事件の性質からすれば不謹慎ともいえることだが、やはり皆、どこかしら浮ついた気分になっていたのは否定しきれない。

もっとも、その騒ぎも長続きはしなかった。事件に関して生徒からも教職員からも目ぼしい情報がなく報道が盛り上がらなかったことも原因だろうが、何より広い日本列島、事件は日々無数に起こっているのである。マスコミ各社の方々も、いつまでも市立《ウチ》の事件にかかずらっているほど暇ではない。事件発生から三日も経つと、学校はおおむね平時の顔を取り戻し、僕たちのもとには二月の寒空と終わらない日常と、封鎖された芸術棟が返ってきた。

そう、芸術棟は封鎖されてしまったのである。これには皆が――芸術棟に活動場所を求めていた文化系のクラブや同好会の連中が主に困った。書道部は書道室に還《かえ》り手芸部は被服室に還ったが部の備品はどこに置けばいいのか。吹奏楽部はどこで吹きダンス部はどこで踊りカンフー同好会は何と戦えばいいのか。事件現場だから当然といえば当然だが何も建物ごと立入禁止にしなくてもいいのに、という生徒の嘆きもむなしく、良識ある先生方の勧告により芸術棟にいるクラブ・同好会は立退《たちの》きを求められた。もともと用途不明で雑然としてきったなく、野性化して身を持ち崩し歌舞伎町《かぶきちょう》でゴミ漁りを三年続けてその間一度も毛繕《けづくろ》いをしなかったハウルの動く城のような建物だったから、どうも教職員は封鎖ついでに解体したがっているようだ。

棲処《すみか》を追われたクラブや同好会が一斉に新たな営巣地を探し始めたから、当然のことながら各所で紛争が生じた。部員が実質僕一名である美術部は美術室に逃げ込んで事なきを得たが、各クラブがそれぞれ少しでも広い空間、便利な場所、綺麗な部屋を求めててんでんばらばらに交渉を始め、一時はライブドアショック時の東京証券取引所のような騒ぎになった。このままではとても収拾がつかぬと判断した吹奏楽部部長の高島《たかしま》先輩が全クラブ・同好会の代表者に招集のラッパを吹き「部活動対抗部室争奪大合戦会議」を急遽《きゅうきょ》開催した。会議は踊り、もつれにもつれ、紛糾しつくして五時間半に及んだがとにかく終結、昨日をもって部室争奪戦は幕を下ろした。

と、そのはずだったのだが、証券市場が休みの日だって個人的に取引をする投資家はいるわけだ。紛争がおさまったのはあくまで表面上の話に過ぎなかった。

こつこつこつん、と、朗らかなリズムで美術室の戸がノックされた。描きかけのままであった虎の絵の仕上げに集中していた僕は「今手が離せないのでちょっと待ってくださいね」と心の中で呟《つぶや》きカンバスにカドミウムイエローを置いていたが、背後に人の気配を感じて振り向くと、ノックの返事を待たずに入ってきたらしい見知らぬ男子二名が後ろからカンバスを覗《のぞ》き込んでいた。縦横共に大きな人とその陰に隠れて小柄なもう一人。先輩後輩または友人同士なのだろうが傍目《はため》には護衛と要人、あるいはサーカスの熊と猛獣使いのようにも見える。

と思ったら、意外にも熊の人の方が朗らかに喋った。「いやあ上手いねえ。さすが美術部。なんか画面から獣臭さを感じるよ」

描きかけの絵を不意に見られる恥ずかしさは絵描きにしか分からない。褒められた時のくすぐったいような嬉しさも同様である。つい頬を緩《ゆる》ませる僕に対し、熊の人は笑顔になり、体格に似合わぬテノールで自己紹介をした。「あー初めまして俺、テッケンの会長で二年の山本《やまもと》っていいます」

「鉄拳《テッケン》……」

「鉄道研究会」

「あ、なるほど」市立にはマニアックな同好会が多い。「初めまして。美術部の葉山《はやま》です」

立ち上がって自己紹介をしながらも、鉄研がはたして美術部に何の用かと疑問が湧《わ》く。しかし僕が用件を尋ねるより先に、山本先輩は笑顔で言った。「葉山君、美術部の活動場所はここだよね？」

「はい」

「ここ広いよね」

「そうですね。一人でいるには」

「じゃあスペース的には充分なわけだ」

「はい」

「それならこれ以上スペースが欲しいなんて贅沢を言うようなことはないよね」

「それは、まあ」

「うん。じゃあお邪魔しました」

山本先輩はカルトの教祖のような胡散臭《うさんくさ》い笑顔のまま手を振ってくるりと背中を向け、すたすたと入口に向かっていく。小さい方の人も続いた。

「あ、あの」

あまりに簡潔すぎてやりとりの意味を摑みかねた僕は慌てて呼んだが、山本先輩は振り返らずさっさと出ていってしまった。小さい方の人もそれに続いて出ていってしまった。彼は結局一言も喋らなかった。

今のは一体、何なのだ。

スペースがどうのと言っていた。美術部には美術室という還るべき場所があったから、確かにスペースには困っていない。だから僕の言ったことに問題はないはずなのだが、なんだか妙に不安になる。しかし美術室を出てみると、二人の姿はもうなかった。

不安なまま仕上げに戻ったのだが、十分もしないうちにまた美術室のドアがノックされた。ノックと同時にドアが開き、演劇部部長の柳瀬《やなせ》さんが入ってきた。そしてその後ろに、妙にサラサラした長髪を後ろで束ねた謎の男子が一名。

こちらのサラサラした方はどちら様、と僕が訊くより早く柳瀬さんが喋る。「葉山くん質問」「はい」先に質問された。僕はこの人を前にすると大抵後手に回る。

「美術部の活動場所ってここだよね？」

「はい」

「ここ広いもんね。スペースもう充分だよね」

「はい」

「じゃ、これ以上余分なスペースがあってもむしろ邪魔だよね」

「はあ、それは特に……」

「ね？」

「はい」

「うん」先程と全く同じ質問をされてうろたえる僕を措《お》いて柳瀬さんはサラサラの人に頷きかける。「ね？」

サラサラの人も柳瀬さんに頷き返し、じゃ、とだけ言ってさっさと背中を向けてしまう。

「あの、ちょっと、柳瀬さん」

面くらってぼけっとしていた僕も、さすがに必死で追いかけた。


「……映研ですか」

「会長の谷口貴雄《たにぐちたかお》です」

谷口先輩はなぜか申し訳なさそうな顔で体を折り、僕に頭を下げる。

走って階段を上り廊下で二人に追いすがって、サラサラの人の自己紹介をようやく聞けた。

映研——映画研究会ではなく映像研究会らしく、映画以外に軽音楽部のライブビデオなども作っていた——の会長、谷口貴雄先輩。そういえばこの長髪はどこかで見て覚えていた。

それから事情を聞けた。一年の僕に対してもなぜか丁寧語の谷口先輩がリスのような印象を与える早口で説明してくれたところによると、つまりは鉄研と映研の領有権争いらしい。争いの対象は別館三階の隅にある開かずの間二号（一号がどこなのか僕は知らない）で、ここに対して今回部室を失った鉄研と映研がそれぞれ領有権を主張し、現在のところ議論は平行線、とのことである。

「この間の会議じゃ、鉄研の活動場所、ってことですんなり決まってたような……」

「いや、本当はウチも主張してたんですけど、鉄研が不意打ちで決めちゃいまして」

誰かに咎《とが》められるまでとりあえずゴリ押しをし、もし何も言われなければ儲けもの、という考え方の人は、わりとどこにでもいる。「なるほど。それで、僕に訊きにきたのは……」

「いやあ、まあ、それは、ね」谷口先輩は中途半端な笑いを浮かべて目をそらす。

柳瀬さんがかわって答えた。「あの部屋、美術品が並んでるの。だから、もしかしたら美術部の領地だったかもって思って、とりあえず領有権を放棄してもらったんだよね」

「放棄……」

「私はそこまで丁寧にやることないって言ったんだけど、谷口がそれは悪いからわざわざ断りに行くって言いだしたの。まあ相手は葉山くんだし、きちんと一言断ってあげた方がいいかな、って」

「あ、なるほど。……わざわざ、すいません」

谷口先輩に頭を下げながらも、僕は違和感を覚えていた。これは僕が感謝すべき状況なのだろうか？　何か丸め込まれてはいないか。

と思ったら、僕の言葉を聞いて顔をほころばせた谷口先輩が嬉しそうに頷いた。「いや、柳瀬さんに来てもらってよかったなあ。こんなにすんなり丸め込んでくれるなんて」

柳瀬さんはなんということもないという調子で応じた。「ま、放送委員としては放送室に置いてる機材どけてほしいし、私も半分映研みたいなもんだし、ね」

やっぱり丸め込まれたのだ。それにしても、本人の目の前でその会話は何だ。

しかし柳瀬さんは僕の視線などこれっぽっちも意に介さぬ様子で言う。「じゃ葉山くん、現場見てくれる？　捨てちゃいけないものとか、私たち分からないから」

「……はい」

開かずの間二号は別館三階、棋道部の部室の隣にあった。もとは一つの部屋だったのをドア付きの間仕切り壁で八対二程度に分け、八の方を棋道部が使っているらしい。おそらく二の方は何かの準備室という扱いだったのだろう。狭い部屋ではあるが、映研や鉄研の部室になら充分に用が足りそうである。

廊下側のドアにはめこまれたガラス越しに中を覗く。隣とは電灯のスイッチが別々らしく、明かりはついていなかった。白くくすんだ窓が陽光を遮る薄暗い室内には男女数体ずつの立像や胸像がひしめき、部屋の中央に置かれた事務机や壁際の棚には何かの瓶やら筆やらカンバスやらが積み上げられている。百号はありそうな油彩が立てかけられているし窓際にも長机が置いてあってカンバスが並んでいる。確かに、これはどう見ても美術部の部屋だ。

隣のドアから棋道部の部室に入ると、先程の鉄研二人組がいた。山本先輩が僕に声をかけてくる。「葉山君、さっきはどうも」

柳瀬さんが僕を見た。「どうも、って何？」

山本先輩が朗らかな声で言う。「いや、さっき俺、葉山君と交渉して、ここの領有権譲ってもらったから」

僕と谷口先輩が「え」と反応する間に、柳瀬さんはもう返している。「山本、嘘はいけないと思うな。葉山くんはさっき、映研にここ譲ってくれたんだよ」

譲った覚えはないのだが。

山本先輩は僕を見て眉をひそめる。「……葉山君、そういうことされると困るんだけど」

「すいません」なんだか理不尽だ。

「どうせ柳瀬さんに丸め込まれたんでしょ？」

「いや、それは」そうなのだが、鉄研の方も同じことを言ってきている。

「いや、丸め込んではいないですよ」僕より先に谷口先輩が答え、はたはたと手を振った。

「それより、そもそもさあ」山本先輩は相手を威圧するように見て、太い腕を組む。「映研ってこの部屋使う必要あんの？　機材なら放送室に置いてるじゃん」

「いや、あれは場所を借りているだけですよ」

「それに映研、会議の時一言も言わなかったじゃん」

「いや、いきなりだったから」

「武道場にも空き部屋あるでしょ？　あっちでも」

「いや、あんな汗臭い空間は機材によくないです」

「ウチだってあっちはやだよ。あんな押忍押忍《オスオス》した場所」

腰が低いせいかなんとなく劣勢に見える谷口先輩は、脇で聞いていた棋道部の人に助けを求めた。「あ、棋道部はどうですか、お隣として。ちなみに隣が映研なら、綺麗な女優が毎日訪れます」

指し示された柳瀬さんが棋道部の人に流し目を送る。「はあ」と言って目をぱちくりさせている彼に対し、山本先輩も言った。「それなら鉄研だって、美しいC57《シゴナナ》を毎日走らせます」

「あ、機関車ですよね、それ。聞いたことある」

棋道部の人がおっとりした笑顔で反応すると、柳瀬さんがうなだれた。「機関車に負けた……」

「いや、棋道部はまあ措いておいてですね」形勢不利と見たか、自分から話を振っておいて谷口先輩が言う。「やっぱりその、映研の方が逼迫《ひっぱく》してるわけですから」

「してないって。ウチなんか今、備品で廊下塞《ふさ》いで顰蹙《ひんしゅく》買ってるんだよ？」山本先輩が返す。

「それは模型とか出しておくからでしょう。しまっておけばいいんですよ」

「しまっちゃったら模型の意味ないじゃん」

「ウチの備品は学校行事にも使うわけで」

「そういうのなら放送室に置けるんじゃないの？」

「領有権の争い、なんだよね？」

柳瀬さんが口を開くと、僕を含めて全員がそちらに注目した。この人の声はよく通るので、とりたてて大声を出さずとも人の注意を引く。

柳瀬さんは落ち着いて言った。「だとすればやっぱり重要なのは、もともとはどこが使ってたか、じゃない？」

山本先輩も谷口先輩も黙った。柳瀬さんは開かずの間を振り返る。「見たところ、この部屋はもともと美術部のものだったみたいだけど？　だとしたら、今現在も美術部のものだって考えるのが筋じゃない？」

さっき僕を丸め込んでおいて、柳瀬さんは平然と言った。

しかし山本先輩は騙されなかった。「柳瀬さんそりゃないよ。どうせ美術部のものにしたら、後で葉山君抱き込むつもりでしょ？」

「ちっ、バレた」柳瀬さんは舌打ちする。

結局その日も議論は平行線のままだった。これは埒が明かないな、と思って僕が溜め息をつくと、目が合った棋道部の人も苦笑していた。どうやらこれは、簡単に解決しそうにない。

……と思っていたのだが、翌日から事態は妙な方向に展開する。

翌日の放課後、僕はいつものように教室でうだうだせず、さっさと美術室に向かった。昨日は結局、鉄研映研の領有権争いに立ち会っていて絵の具を乾かしてしまったから、虎の絵は完成まであと一歩のままお預けになってしまっている。僕は美術室に行くとすぐイーゼルを立てて絵の具を溶き、今日こそはこれを仕上げるぞと虎の絵の仕上げにかかった。

それなのに、なぜかまた美術室の戸がノックされ、柳瀬さんと谷口先輩が入ってきた。「葉山くん、今ちょっといいよね？」

柳瀬さんに対してはなぜかノーと言えない。「はい。どうしました？」

「昨日の開かずの間なんだけど、うーん、なんていうか……」

横から谷口先輩が言った。「変なものが出現したんです」

「変なもの、ですか？　出現って……」全く要領を得ない。

「いや、つまり、何か変なものがいきなり出現したんです」やはり要領を得ない。

柳瀬さんが僕の袖《そで》を引っぱった。「直接、見て」

なるほどこれは変なものである。そのもの自体は別に変ではなくむしろ周囲の美術品と意外と溶けあってもいるのだが、開かずの間の中に突然出現するにはやはり変なものである。

別館三階の開かずの間二号。廊下側のドアから昨日と同じく部屋を覗き込むと、部屋の中央に置かれた事務机の上に鉄道模型が出現していた。電線や駅舎前ののぼりまで詳細に再現された建造物。それを取り囲む緑の山々。おそらくは実際に模型が走れるであろう線路。硬質の輝きを放つ鉄道車両が一両、その上に載っている。ただの模型ではない。明らかに大人の手による、精巧なジオラマだ。

「……これ、昨日はありましたっけ？」

柳瀬さんが僕を指さす。「葉山くんも見たでしょ？　なかったよね？」

昨日、見落としたということはまさかないだろう。一メートル四方はある大きなジオラマである。

「誰が運び込んだんですか？」

当然、考えられるのは鉄研の人……と思ったら、背後から山本先輩の声がした。「運び込む、ってのはちょっと無理だと思うけどね」

振り返ると、山本先輩が腰に手を当ててにこにこしている。その背後に小さい方の人もいる。

「でも、鉄研が運び込んだんですよね？　昨日はなかったし」谷口先輩が訊く。

山本先輩は余裕たっぷりに返した。「まさか。ウチじゃないし、そもそもどうやってこんなものを運び込むの？　ここ、開かずの間だよ」

「それは……」

「あの、開かずの間って、具体的にはどう開かないんですか？」

僕は事情をよく知らないのだ。すると山本先輩は余裕の表情のまま、まずドアに手を伸ばしてノブをがちゃがちゃと回した。「まず、廊下側のドアはこの通り、鍵がかかってて開かない」

それからすたすたと廊下を進み、隣のドアから中に入る。僕と柳瀬さんも山本先輩の後を追って隣の棋道部部室に入った。碁盤に向かっていた棋道部の人が何事か、という顔でこちらを見た。

山本先輩と小さい方の人は部屋の窓際、間仕切り壁についたドアの前に立っていた。僕たちが集まると、山本先輩はドアノブを捻《ひね》った。

「こっちのドアには鍵はかかってない。だけど、この通り」ドアを押し開けようとする。しかしドアは少し動いただけで、がつ、と音がして止まった。

山本先輩はなぜか得意げに言う。「こっちのドアも開かないんだよね。だから開かずの間」

余裕の表情で山本先輩がどいてみせるので、僕もとにかく試してみることにする。ドア前に立つと、上部のガラス越しに隆々《りゅうりゅう》たる胸筋が目に飛び込んできた。角度を変えて覗き込む。何か妙に筋肉を誇示するポーズをとっているが、見たところどうやらサムソンの立像のようだ。

ドアノブを回してみる。回りはするのだが、ドアを押し開けることはできなかった。さっきと同じように、がつ、と音がして硬いものにぶつかってしまうのである。試しに力一杯押してみたが、やはり開かなかった。確かに、筋肉を誇示するサムソン像はドアのすぐ前、非常に邪魔な位置に居座っている。強引に押し開けられないかと思い、体重をかけて全力でドアを押してもみたが、ドアはびくともしなかった。普通の彫刻であればドアを開けられないまでも少しは動きそうなものなのに、全く動かない。どうやらこの像はかなりの重さがあるようだ。

柳瀬さんが来る。「開かないの？」

「駄目ですね」
二、三センチの隙間はできるが、それではどうしようもない。しゃがんでドアの下部を見てみるが、こちらも一センチくらいしか隙間がない。僕は立ち上がり、諦《あきら》めてドアを閉めた。邪魔になっているサムソン像がガラスのむこうで、勝ち誇ったように筋肉を見せつけている。よく見ると、微妙に笑っているようだ。
ドアから離れて間仕切り壁を観察する。軽そうな素材だが、上下共に隙間はない。窓側の壁際も同様だった。

「ね？　開かずの間っしょ？」山本先輩が得意げに言う。「ってことは、どういうことか分かるかな？」

柳瀬さんは彼の笑顔を無視して問い返した。「廊下側のドアってどうなの？　鍵がなくなったのっていつから？」

「大分前だよ。少なくとも半年以上前」

「本当？」

「あの」横から声がした。昨日話した棋道部の人である。

棋道部の人は注目され、少し落ち着かない様子で言った。「……本当なんです、それ。前から鍵はなかったし、こっちのドアも、前からこんなでした」

「きみ、一年生だよね？」職務質問めいた威圧感で柳瀬さんが尋ねる。「前からって、いつから？」

「僕が入部した時です」棋道部の人は柳瀬さんの視線を避けるようにこころもち身をよじらせる。「あ、僕、一年二組の祁答院《けどういん》です。棋道部です。O型です」

なぜ血液型を、と思ったが、どうやら柳瀬さんの視線が怖くてそわそわしているらしい。

「あ、僕が入部したのって、五月初めです」

「ね？　分かったっしょ？」何やらうずうずしている様子で山本先輩が言う。「あそこの部屋は開かずの間なんだから、中の物は前からあそこにあったことになるよね」

「ありましたっけ？」

不満げな谷口先輩に対し、山本先輩は余裕の笑顔で「だって、あるじゃん」と返す。それから嬉しげに柳瀬さんを見た。「柳瀬さん昨日、言ったよね。もともとはどこが使ってたかが重要って」

「言ったっけ？」

とぼける柳瀬さんに僕が返す。「言いましたよ」

「うん確かに言った」山本先輩がそれにかぶせる。「で、もともとは美術部かウチが使ってたわけ。でもって美術部は昨日、放棄したわけだから」

「放棄したっけ？」

「柳瀬さんに言われて」

柳瀬さんは舌打ちした。

「決着、だね」

山本先輩は勝ち誇った笑顔で宣言する。「それじゃ、来週からウチの備品搬入するから、今週中に中の物どこに移すか決めておいてね」

ぴし、と敬礼し朗らかに「じゃっ」と言って、山本先輩は出ていってしまった。僕と谷口先輩、それに祁答院君はそれぞれに釈然《しゃくぜん》としないまま立ち尽くしていた。

しかし柳瀬さんは違った。ぱぱっ、と動くと出ていこうとする小さい方の人を捉まえ、引き寄せた。肩を組んで耳元に囁《ささや》く。「ちょっときみ、鉄研だよね?」

「はい」小さい方の人は引き寄せられるがまま、無表情で答えた。

「無理強いはしないけど、正直に話してほしいな」と言うわりに威圧的に、柳瀬さんは小さい方の人に囁きかける。「あの模型、前からあの部屋にあったと思う?」

柳瀬さんは「正直にね」と脅迫的に付け加えた。

「なかったと思います」小さい方の人はあっさりと答えた。

「じゃ、山本があれ、運び込んだの?」

「知りません」柳瀬さんの脅迫的尋問口調をなぜか平然と受け流しながら、小さい方の人はのんびりと答えた。「開かずの間ですし、無理ですよ」

柳瀬さんは小さい方の人を解放した。「質問を変えようか。あの模型、分解とかできないの?」

「多少はできます。でも、あの隙間は通りません」

見たところ確かにそうだ。山のジオラマなどは全く分解できないだろう。

柳瀬さんはまだ食い下がる。「じゃ、あれ本当に本物？　ハリボテとかじゃない？」

「本物のＨＯゲージです」小さい方の人は無表情で答えた。「山の中を単体で走るオハ50形客車、というシュールさですが」

柳瀬さんはたて続けに訊く。「あれ、鉄研の備品？」

「違います」

「じゃ、鉄研の誰かの私物？」

「知りません」

「山本、鍵開けとかできない？」

「できません」

小さい方の人は落ち着いて答え、それから弾切れになって唸《うな》る柳瀬さんを無表情で観察するように見つめ、言った。「柳瀬さん、綺麗ですね」

いきなり脈絡のないことを言われた柳瀬さんは変な声を漏らして硬直した。小さい方の人は無表情のまま彼女を見つめ、じゃ、そろそろ、とのんびり言ってすたすたと出ていってしまった。残された僕たちは啞然として呟きあう。「変人」「変人だ……」

「……ああ、びっくりした」

小さい方の人が去るのを見送って、柳瀬さんがようやく胸を撫でおろした。最近の柳瀬さんは機関車に負けたり綺麗と言われたりと、乱高下して忙しい。

「でも、正直な人だっていうのが分かったね」さっさといつもの調子に戻った柳瀬さんが頷いた。「だとすると、やっぱり山本か誰かが入れたんだよ。あの模型」

「でも、そうすると昨日のうちに、ということになりますよね」

山本先輩か鉄研の誰かがやったのだとすれば、当然、昨日の柳瀬さんの発言を受けて、ということになる。僕は祁答院君に訊いてみる。「祁答院君、昨日はここに、いつからいつまで棋道部の人、いた？」

「昨日は、閉まるまでいたよ」

「祁答院君もいたんだよね。他に誰がいたか覚えてる？」

「いや、誰が、っていうか」祁答院君は寂しげに笑った。「九月に三年の人が引退したから、僕一人なんだ。ウチ」

「うっ、ごめん」とっさに謝った僕は、自分のいる美術部のことを思い出した。「美術部も一人なんだ。つらいよね。一人」

「うん」

「辛気臭い顔しないの。イッセー尾形だって一人で芝居やってるでしょうが」柳瀬さんはうなだれる僕たちをどやしつけ、強引に話を戻した。「とにかく、昨日じゃないってわけね。それなら朝でしょ。棋道部って朝錬する？」

「いえ」それはそうだ。しかし祁答院君は律儀に付け加える。「あ、でも僕、日曜のＮＨＫ観てます」

なるほどそれは朝練だが、今は関係ない。

「朝には入るチャンスがあったとして、どうやったんでしょうか」僕はドアに寄って再び中を見た。サムソンは相変わらず筋肉を誇示している。

ドアをもう一度開けてみた。隙間が開くのはたったの二、三センチで、ここから模型を入れるのは、どう考えても無理だ。何かヒントはないかと思い、ドアに張りついて隙間から中を覗く。

ふと一瞬、僕の鼻に何かが臭った。確かめようと鼻を鳴らす。

それを柳瀬さんが目ざとく見つけた。「何か臭った？」

「いえ、何も。……廊下側のドアはどうでしょうか」

振り向いて柳瀬さんにとっさにそう言って、僕は廊下に出た。柳瀬さんと谷口先輩もついてきた。

実は、何の臭いかは分かっていた。僕のよく知る、溶剤の刺激臭だ。だが、なぜか言いにくかった。美術部関連の部屋だから、溶剤の臭いくらい残っていても不自然ではないのだが……。

柳瀬さんに背を向けて、廊下側のドアから中を覗き込んだ。昨日と同じ薄暗さで、淀《よど》んだ空気を溜めた狭い部屋である。ひしめく立像胸像。棚と長机。カンバス。林立する絵筆やナイフ。そして、真ん中にどかんと鎮座している鉄道模型。あらためて見ると、やはり周囲からは少し浮いているようだ。窓は白くくすんで汚れが目立つが、鍵はしっかりかかっていて隙間もない。

その上に換気扇があるが、こちらもカバーがぴっちりとはまっている。もちろん、壁には穴一つない。窓のすぐ前に長机があり、その上にカンバスがむき出しで並んでいる。

……おかしいな。

並ぶカンバスを見て、違和感を覚えた。油彩をあんなところに置いておけば、温度変化と湿度でたちまちひび割れてしまう。美術部の人があんなことをするとは思えない。

「どう？」

柳瀬さんが隣にいる。僕は首を振った。「分かりません。中に入れればまだしも……」

「鍵、ないんだよね」柳瀬さんは腕を組む。

しかし、すぐにぱっと顔を上げた。「開けてもらおうか？」

「用務員さんとか……」

「じゃなくて、生徒」柳瀬さんは、にこっと笑って僕に頷きかける。僕もそれを見て思い出し、柳瀬さんに頷き返した。……確かにいる。趣味で錠前破りを覚えた変人が。

「でも、あの人受験中ですよ」この時期の三年生は受験真っ最中なのでほとんど学校には来ていないしそれが容認されている。それなのに、わざわざ学校に来てもらわなくてはならない。

「逆に喜ぶと思うよ？　いい息抜きとか言って」

「うーん……」しかし考えてみれば、「壁男事件」の時もあの人は受験勉強そっちのけで捜査活動にいそしんでいたのである。

迷う僕に柳瀬さんがとどめを刺した。「知ってる？　あの人この間のセンター試験、三教科で満点取ったんだよ」

「……来てもらいましょう」下々の者が心配する程度の学力ではないようだ。

「誰か、開けられる人がいるんですか？」

一人怪訝《けげん》な顔の谷口先輩に、僕と柳瀬さんは頷いてみせた。「……文芸部に」

「文芸部？」

「開けてくれるように頼んでみます。というか……」部員が一人だけのため、三年生ながら未だに引退できない文芸部部長の顔を思い浮かべ、僕は付け加えた。「解決してくれるかもしれません」

開かずの間。突如出現した鉄道模型。

……たぶん「突如出現」のあたりに喰いつくだろうなあの人は、と思った。


「へえ。開かずの間がもう一つあったんだね、市立《ウチ》の校舎には。知らなかったな」

喰いつく場所は若干予想と違ったが、喰いついたことには変わりがない。

夜、僕は文芸部部長の伊神《いがみ》さんに電話をして事情を話した。電話した目的は鍵を開けてもらうことだが、こちらの用件だけを話してただ頼むのは気が引けるし、伊神さんは頼まれごとの背後関係も分からずただ言われるままに動くような人ではない。どうせつっこまれるに決まっているし、僕は鉄研映研の領有権争いから出現した鉄道模型の謎まで、すべて話した。

「……すいません、それで明日なんですが、学校には」

「行くよそりゃ。こんな面白いことになってて行かない人間なんてこの世にいると思ってるの」

全地球に五十億人ぐらいはいると思うが、そこをつっこんでも仕方がない。「受験中にすいません。あの、鍵を開けるだけなのでそんなに時間はとらせませんから」

「鍵を開けたら帰れっていうの？　君さあ、それは非常識ってものだよ」

「え、でも受験中ですし」

「あんなものはなんとでもなるんだよ」伊神さんは他の受験生が聞いたら顎《あご》を外すようなことを言った。「受験中だからって僕を除《の》けものにして、自分たちだけで面白い事件を解こうなんていうのは、人間としてどうかと思うよ」

「はあ」人間性まで問題にされてしまった。

「それにさあ、そういう面白い話があるなら、なんで事件発生直後に呼んでくれないの」

「……すいません」

どうやら、そちらを謝るべきだったらしい。


「いやあ、いろいろ出現したり消失したり、面白いことが起こる校舎だよね。卒業するのが惜しくなってくるよ」

翌日の放課後、別館の廊下を歩きながら伊神さんは上機嫌でそんなことを言った。

「開かずの間なんてものがいくつもある時点で、大分怪しい校舎ですよね」

「そこが楽しいんだよ。怪談の一つもないようなピカピカの新築なんて、自動ピアノで演奏するバッハみたいなもんだよ」

それならうちの校舎は酔っ払いが演奏するジョン・ケージといったところか。

開かずの間の前まで来ると、伊神さんはぐるりと腕を回した。「さて、それじゃまず現状を見せてもらおうかな」なんとも楽しげである。やはり、呼んで正解だったようだ。

　伊神さんと並んで、廊下側のドアから開かずの間を覗き込む。中には昨日と変わらず、鉄道模型が鎮座している。

「あれです」

「なるほど。ＨＯゲージだね」

「知ってますか」

「高級品だよ。それだけに精巧。ああいうものを見ると、日本のホビー業界のレベルの高さを実感するよね」

　伊神さんは口許に手をやり呟く。「しかし、これはどうも……」

　部屋の中を注視しながらも僕の視線に気付いているらしく、伊神さんは前を向いたまま言う。

「置いたのは鉄道研究会の連中じゃなさそうだね」

「えっ。見ただけで分かるんですか？」

「置き方が鉄《テツ》(1)らしくない。オハ50形客車を一台だけなんておかしな置き方、鉄道研究会の人間はやらないよ」

「……どういうことですか？」そういえば昨日の小さい方の人も、シュールだと言っていた。

「そのままだよ。オハ50形は客車なんだから、単体じゃ走れない」伊神さんは部屋の中を指し

（1）鉄道ファン。乗り鉄、撮り鉄、時刻表鉄等、様々な種類がいる。

示す。「現実にありえないようなこんな置き方は、鉄ならしないだろうね」

「そういうものなんですか？　別に観賞用じゃなくて、今はたとえば部室獲得のための作戦として置いてるだけと思えるんですけど」

「だとしても、あんな変な組み合わせはやらない。というより、生理的にできないんだ。マニアっていうのはそういうものだよ」

「はあ」

「君がたとえば部室獲得のために部屋に絵を置くとして、ドラクロワの大作に白いプラスティックの額なんかつける？」

「……なるほど」そんなことをすれば画家の作品にあらずしてキュレーターの作品になってしまう。「でも、鉄研の人でないなら、誰が何のために？」

「そこまではまだ分からない」伊神さんは苦笑して僕を見る。「そう簡単に何でも分かっちゃったら楽しくないよ」

僕は別に、楽しむつもりはないのだが。

伊神さんはにこにこしながら棋道部の部室に入っていった。当然のことながら闖入者《ちんにゅうしゃ》が気になる様子でちらちらと視線を送る祁答院君には一瞥《いちべつ》もくれず、伊神さんはぶつぶつ言いながら間仕切り壁を押したり叩いたりし、時折頷いたりしている。こういう時の伊神さんの脳内で何が起こっているかは想像することすらできない。宇宙の深奥に潜む霊的な何かと交信しているのかもしれなかった。

伊神さんは窓際のドアに辿り着き、ノブを捻る。やはり、昨日同様に二、三センチしか開かない。

「……ふうん。なるほど」伊神さんは何度かドアの開けては閉めを繰り返した。それから僕に振り返る。「昨日もこの状態だったんだね？」

「はい」

伊神さんはさらに首を捻り、横を向いて質問した。「一昨日の放課後は、閉まるまでこの部屋にいた？」

いつの間にかそばに祁答院君が来ていた。祁答院君はおずおずといった様子で頷く。「はい。僕と元部長と……あと僕の友達が一人」

「この部屋は普段、施錠するの？」

「いえ、しないです。盗まれるようなものはあんまりないし、それにみんな」そこまで言って祁答院君が後ろを振り返った。振り返った先を見ると、なぜか彼の背後でビデオカメラを構えている女子が僕たちのやりとりを録画していた。はきはきと動いて映像作家というよりはジャーナリスト風の雰囲気を持つこの人は、同じクラスの辻《つじ》さんだ。その後ろに一人、三脚とバッグを担いだ男子が控えている。こちらはＡＤそのものの雰囲気を持っている。

「辻さん、あのう」

「あ、続けてください。そのまま」

「いや……何をしてるんですか？」

「撮影です」

そりゃそうだろう。「何の撮影を?」

辻さんは僕を見て、うーん、と口をへの字にして唸り、撮影を中断した。カメラを下ろして直立不動の姿勢をとり、自己紹介を始める。

「どうも、映研一年の辻です。何か面白い事件が起こったって柳瀬先輩から聞いたので撮影に来ました。うまくテーマに合えばドキュメンタリー作品に組み込みたいんですけど、いいですよね?」

「僕を撮らなければね」

しかし辻さんは「そんな……」と悲しげな顔になる。「伊神さんが入らないと絵になりません」

伊神さんが勝手に応じてしまった。

「それなら合成で、葉山君の顔でも貼り付けとけばいいでしょ」

「気持ち悪いです」

「それは君の主観でしょ。人の顔を気持ち悪いなんて言うのは失礼だよ」

「そういう意味じゃないです」

伊神さんの方が失礼だと思うのだが、それよりも気になることがある。「辻さん、これは映研が当事者になってるんだけど、撮影してていいの?」

辻さんは、は?と眉を上げて目を見開いた。「ウチが、どうして当事者なの?」

「だって……」どうも話が食い違っている。「開かずの間を映研と鉄研、どっちの部屋にするかの問題なんだけど」

「えっ、何それ」辻さんは後ろに控える男子に振り返る。後ろの人も首を振った。

「……そんな話、聞いてませんよ」

伊神さんがすぐに反応した。「谷口君からは何も聞いてないの？」

「はい。だってウチ、放送室に機材置かせてもらってるし、視聴覚準備室とか使えそうだし、別にそんな、スペースに困ってるわけじゃ」辻さんは後ろの人に同意を求める。「聞いてないよね？」後ろの人も頷いた。

妙な話だ。谷口先輩は部室の必要性を声高に訴えていたのに。

「つまり」伊神さんが目を細めた。「開かずの間を欲しがっているのは谷口君であって、映研ではないということかもしれない」

「なるほど……」

そういえば映研は、部室争奪会議の時は何も言わなかった。鉄研との交渉の時も、会員二人が出張ってきていた鉄研に対し、映研は谷口先輩と柳瀬さんだった。直接の当事者でない者に交渉させるのはそれだけでマイナス材料になるはずなのにそれでも柳瀬さんを連れてきた理由は、柳瀬さんの交渉力に期待したのではなく、他の会員に黙って行動しているためだったとしたら？　一人で交渉に出たら個人的に動いているという印象を与えかねないから、それを避けるためだったのかもしれない。

つまり谷口先輩には、この部屋に関して個人的な動機があるのだ。しかし。

「それなら、谷口先輩が模型を運び込んだんですか？　どうしてわざわざ、鉄研の方が有利になるようなことを」

伊神さんは、あの模型を運び込んだのは鉄ではないと言っていた。確かに谷口先輩は鉄ではないのだろうが。

「逆に考えることもできる」伊神さんは僕に言うというよりは、むしろ言葉にすることで思考を整理するため、といった調子で言う。「相手に有利な状況を作って、相手が乗ってきたらインチキだったという事実を暴露する。結果的に自分が有利になる」

「スキャンダル工作ですね」

「ウッテガエシみたいなものですか」

辻さんと祁答院君がそれぞれに部活の持ち味を活かして反応する。確かに、そうだとすれば山本先輩は見事に乗ってしまったことになる。

「だとすれば、谷口君が動くまでがタイムリミットだよね」

辻さんと祁答院君は怪訝な顔をしたが、僕には分かった。「……つまり谷口先輩はいずれ、さも自分で解き明かしたように、模型を運び込む方法を話してくれる、ということですね。それまでに自分の手で解きたい、と」

伊神さんは頷く。辻さんや祁答院君は伊神さんの性格を知らないから、彼らには意味不明なやりとりに映っているかもしれない。

「でも、犯人が誰か確かめる方法なんてあるんですか？」

「難しいね」言いながら伊神さんは辻さんと祁答院君の間をするりと抜け、廊下に出ていく。「とにかく中に入ってみよう。何か出てくるかもしれない」

廊下に出ると、伊神さんは常時携帯しているらしいピッキングツールを出した。僕は撮ろうとする辻さんを慌てて止めたが、辻さんは「適当にボカすから」と言って撮影を続けた。

しかし伊神さんはすぐに、鍵穴からピッキングツールを抜いた。「駄目だね」

「難しい鍵なんですか？」

「いや、鍵自体はそうでもないんだけど」伊神さんはドアノブを睨《にら》んでいる。「中に何か詰まっていて道具が入らない。……見てごらん」

伊神さんに示されるままドアノブについた鍵穴を覗く。確かに、目で見てすぐ分かるほど何かが詰まっている。鍵穴の外にも白いものが付着している。パテか何かだろうか。

「誰かが詰めたんだ。しかも、最近」

「え、でも……」

僕は昨日もこの部屋のドアをいじっている。その時にこんなふうになっていただろうか？

……いや、なっていなかった。ということは。

「何か気付いたね？」

至近距離から低い声で囁かれてぎょっとした。伊神さんは鉄仮面のような無表情で、僕の顔を窺《うかが》っている。

「いえ、その」どう話したものかと迷った末、とにかく事実だけを話すことにする。「昨日の放課後は、こうなってませんでした」

「へえ」伊神さんは振り返り、後ろの祁答院君にも訊いた。「君は覚えてる？」

「いえ、僕は……」

祁答院君は首を振った。その後ろで辻さんともう一人が、興味深げに僕たちのやりとりを撮影している。

伊神さんはふむ、と頷いて、ドアに張りついて部屋を覗く。邪魔をしないよう僕は一歩下がったが、辻さんはカメラを構えてむしろ伊神さんに近づき、横顔のアップをカメラに収めた。こういう遠慮のなさは、カメラマンに必要な才能の一つかもしれない。

部屋の中を凝視したまま伊神さんが僕に問う。「昨日、部屋を見て、君が違和感を覚えたことはない？」

「それは……」溶剤の臭い、と言いかけてやめた。美術室の中なら、別に不自然ではないだろう。そういうことにした。

「……窓際の絵が、ちょっと気になりました」

「なるほど」伊神さんは横目で僕を見て、確かめるように言う。「油絵を裸であんな場所に並べたりはしない……ということだね」

「はい」伊神さんは気付いていたらしい。教えるまでもなかった。

伊神さんの目つきが変わり、口許が何かを呟くようにふつふつと動き始めた。

灰色の脳細胞にスイッチが入ったのだろう。この人はこうなるともう、話しかけても返事一つしてくれないのが分かっているので、僕はただ見ていることにする。伊神さんは首を傾け斜め上を見たまましばらく硬直し、それから不意に歩き出して棋道部の部室に入った。僕が後を追って入ると、間仕切り壁のドアをがつがつ鳴らしながら何度も開け閉めし、ドアの隙間から指をつっこんだ。「ふむ」

それからガラス越しに中を覗く。そこで、伊神さんの表情が変わった。「おやおや、あれは……」

また至近距離で撮影していた辻さんとぶつかりつつ、伊神さんはずかずかと歩いて部室を出る。今度は廊下側のドアで立ち止まらず、どんどん廊下を行ってしまった。

「伊神さん」

「ここはもういい。大体分かった」

「大体、って」

「後は一人でやる。ちょっと確かめておきたいことがあってね」

伊神さんはすたすたと階段を下りてゆく。僕が立ち止まってしまうと、なぜか辻さんともう一人も伊神さんを追わなかった。

美術室に戻ると柳瀬さんが机に肘《ひじ》を乗せて頬杖をつき、僕の描きかけの絵を眺めながら待っていた。近づく僕に気付いて振り返り、微笑んでちらちらと手を振る。

「伊神さん、どうだって？」

僕は柳瀬さんの隣に腰掛ける。「大体分かった、って言ってました」

「すごいね、あの人」柳瀬さんは呆《あき》れたような調子で苦笑する。「でもそれじゃ、とりあえず一件落着っぽいんだ？」

「そうなんですが……」

僕の方はなんとなく、このまま解決してしまって大丈夫だろうか、という不安がある。

とりあえず、柳瀬さんに訊いてみた。「柳瀬さん、谷口先輩に交渉の助っ人を頼まれたんですよね？　何て言われて頼まれたんですか？」

『部室が鉄研に取られそうなんです』柳瀬さんは谷口先輩の声色《こわいろ》で言った。『柳瀬さん、交渉なんか得意ですよね？　手伝ってほしいんですけど』

おそらく一字一句その通りなのだろう。僕は身を乗り出す。「それ、不自然に感じませんでしたか？」

「別に？」何か面白がっている様子で、柳瀬さんも僕の真似をして身を乗り出した。「谷口がどうかしたの？」

距離が近すぎるので背筋を伸ばす。少し迷ったが、やっぱり言うことにした。

「映研の人から聞きました。谷口先輩はああ言って鉄研と交渉していますが、映研自体は別にあの部屋を手に入れる必要はないみたいなんです。つまり谷口先輩は、映研の総意というふりをして個人的な動機で動いていたかもしれないんです」

「……そうなんだ」柳瀬さんも背筋を伸ばし、かわりに少し肩を落とした。「でも個人的な動機って何？」

そこが心配なのだ。程度は分からなくても、後ろ暗いことであるのには違いないだろう。

「柳瀬さん、心当たりはありませんか？　たとえば、そう……谷口先輩とあの部屋のつながりとか」

谷口先輩に怪しい部分があるなら、できれば伊神さんより先に突き止めたい、という気持ちがあった。しかし柳瀬さんの反応は鈍い。「うーん……私もそんな親しいわけじゃないからね」

柳瀬さんは何も知らないらしい。では、他に谷口先輩のことをよく知っている人は誰だろうか。その人から話を聞かなくてはならない。

僕が悩んでいると、柳瀬さんが僕の胸元を指さした。「それより葉山くん、携帯なくしてない？」

「え」ポケットを探る。確かに、携帯がいつも入っている胸ポケットにない。

全身をごしごしさする僕に、柳瀬さんが携帯を差し出した。「これじゃない？」

「あっ、それかもしれないです。ありがとうございます」柳瀬さんが差し出した携帯にはストラップがついていなかった。アドレス帳を見て僕のものだということは分かったが、ストラップはどこで取れたのだろう。

「それ、ストラップ取れてない？」

「……なくなってますね」妹にもらったものなので、なくなると困る。

柳瀬さんはこころもち顔を伏せると、上目遣いで僕を見た。「……いつからなくなってたか、心当たりある？」

「いえ……」そういえばいつなくなったのだろう。放課後すぐ、伊神さんが来た時は携帯で連絡を受けた。その時にはまだついていたような気がするのだが。「……おかしいな、さっきまではついてたのに」

柳瀬さんは僕の顔をじっと見ている。

と、僕の携帯が震えだした。メールを受信したらしい。開いてみると、珍しいことに伊神さんからだった。

(from) 伊神さん
(sub) 無題
現場内部に犯人の遺留品らしきものを発見。犯人特定につながる可能性あり。明日放課後扉を破り回収する予定なので、HR終了後開かずの間前にて待機するように。

なんとなくだが違和感を覚えた。……「犯人の遺留品」？「特定につながる」？

昨日今日と僕は開かずの間の中を見ている。そんな物があれば気付いていてよさそうなものだ。それに、「犯人特定につながる」物とは一体何だろう。警察ではないのだから、指紋採取だのＤＮＡ鑑定だのができるわけではない。見ただけで分かる物でなくてはならない。

頭から足先まで自分の全身をチェックする。たとえば僕の持ち物で、見ただけで持ち主の特定ができる物といえば。

顔を上げると柳瀬さんと目が合った。そして結論が出た。

「……柳瀬さん、伊神さんもですが、何か企んでませんか？」

柳瀬さんはしばらく僕の目を見たまま動かなかった。

しかし、そのうちに顔を伏せて、くっくっ、と声を殺して笑った。

「鋭いね。っていうか伊神さん、メール送るタイミング合いすぎ」

「……やっぱり」

僕だって、伊達《だて》にこの二人とつきあっているわけではない。「携帯ストラップ、柳瀬さんが持ってるんですか？」

「うん。ごめんね」柳瀬さんは笑顔のままポケットを探り、イルカの飾りがついた携帯ストラップを出した。もう何年もつけっ放しにしているものなので、自分のものだとすぐに分かった。

受け取ろうと手を伸ばしたら、柳瀬さんは引っ込めた。目の前にイルカを持っていき、ちらちらと揺らす。「葉山くんこれ、自分で買ったの？　妙に可愛いんだけど」

それから目元を引き絞って僕に視線を据《す》えた。「どの女のプレゼント？」

『どの女』なんて、そんな」そんなにもてるものか。「妹ですよ」

「兄バカ？」

「別に、そういうわけでは」ストラップを手渡されながらも、つい溜め息が出る。「どうやったんですか？」

「私じゃないよ。伊神さんが携帯すり取ってストラップ外して、携帯の方は私が拾ったことにして返すの」

「……で、何気ない顔で『ストラップが取れてるみたいだけど』って言って、相手の反応を窺うわけですね」

柳瀬さんはにっこり微笑んだ。「正解。……けっこう鋭いね」

「伊神さんのやりそうなことなら、けっこう分かります。……で、伊神さんからメールが来るわけですね。犯人はメールにある『遺留品』をストラップのことだと思って焦る。当然、伊神さんが行動を開始する、と書いている明日の放課後までに回収しなければならない……」

こういう時の伊神さんの行動力には驚く。呆れる、と言った方が近いかもしれない。「僕だけじゃなくて関係者全員に同じメール送ってるんですよね？　関係者全員の携帯、すり取ったんですか？」

「そうみたい」

とすれば、今日の放課後のたった数時間のうちに全部済ませたということになる。あの人が泥棒で生計を立てようなどという貧しい考えの持ち主でなくてよかった、と、僕は安堵《あんど》した。

開かずの間に誰かが入ったと思われるのは朝。とすれば明日の朝、犯人は「落としたかもしれない」ストラップを回収しに現れる可能性が大きい、というわけである。なるほど、確実に犯人を特定する方法はこれぐらいしかない。

そういえばさっき、伊神さんは僕に対して犯人特定は難しいと言っていた。間仕切り壁のドアから部屋を覗いて何か見つけたような仕草もしていたが、あれらは全て演技だったということになる。周到なことだ。

「……ということは伊神さん、やっぱり方法も犯人も見当がついているんですね？」

伊神さんの性格なら、そうなる前にこんなことはしないだろう。

柳瀬さんは頷く。「昨日の夜、電話があって、犯人を確かめたいから協力してくれって言われたの。一応、容疑者は何人もいるからね」

「そんな……」

ひどい。当事者である柳瀬さんは協力者に抜擢《ばってき》したのに、どうして無関係の僕を容疑者扱いするのだ。

「せっかくだから葉山くんも明日、立ち会ってみる？」

ここまでされては否やはない。「そうさせてもらいます」


家々の影が長く伸び、自動車のボンネットがまばゆくきらめく。冬の朝の日差しは優しい。そして優しさゆえかパワーに欠ける。本当に、これだけ日が照っていながらどうしてこんなに空気が冷たいのか。自転車を漕《こ》いで自らに風を受けながらだと尚更で、冷気はコートの布目を強引にすり抜けて肌をなでまわす。全力疾走すれば自家発熱で少しは温かくなるだろうと思ったらあてが外れた。いくら走っても寒い。

朝六時五十分。僕は早起きし、自転車を駆って学校に向かった。市立の校舎は丘の上にあるため、上り坂を立ち漕ぎで走り通して自転車置き場に着く頃には寒さを忘れたのだが、冷たい風を受け続けていたため耳が痛い。

登校時間帯前の自転車置き場の広さに驚きながら自転車を収納し、体育館裏に向かう。別館が開くのは午前七時だが、僕たち捜査側はそこで待ち合わせたりはしない。犯人からすれば一刻も早く作業を済ませたいはずだから、別館が開く前から学校に来て待っている可能性は充分にある。鉢合わせしたりしたら台無しである。

体育館裏の日陰に柳瀬さんがいた。少し離れて影の外に伊神さんもいる。この人は寒いのが苦手らしいから、せめて日なたにいようというのだろう。吐く息が朝日を浴びてきらきら輝いている。

伊神さんは僕の姿をみとめると眉をひそめ、しかし大股で近づいてくる。

「犯人が君だったとはね。だけど、どうしてここに来れたの」

「……違いますよ」あくまで容疑者扱いらしい。「柳瀬さんから計画を聞きました。僕も参加します」

伊神さんは困った顔で柳瀬さんを振り返る。柳瀬さんは肩を震わせてかすかに笑った。「葉山くん、気付いてましたよ。ちょうど私が携帯返すと同時にメールが届きましたから」

「ああ、やっぱり急ぎすぎたかな」伊神さんは頭を掻《か》く。「一日で済ませなきゃいけないから、タイミングが悪くなる覚悟はしてたけどね」

「僕まで容疑者扱いしてましたね」

伊神さんは全く悪びれずに答える。「一応ね」

僕は、と言いかけた僕を手で制して、伊神さんは耳を澄ました。「……来たかな」

僕も耳を澄ました。体育館のむこうから、かたん、かたん――と、自転車を置く音が聞こえてきた。僕の自転車もあのあたりに停めてあるが、この時間でも置きっ放しの自転車はいくつかある。不審には思われないだろう。

伊神さんが動いた。僕と柳瀬さんもその後に続き、体育館の角に身を潜めた。

「……どうですか？」自転車置き場を窺っている伊神さんに訊く。自分で見たいが、みんなが顔を出しては目立ってしまう。

伊神さんは自転車置き場を見たまま答えた。「……どうやら、犯人だね」

足音が離れていく。僕は伊神さんの背中を見ながらただ待った。やがて伊神さんがするりと動いた。慌てて後に続く。

小走りで別館の玄関に向かう。伊神さんが玄関扉を摑み、音をたてないよう慎重に引いた。それから僕たちを振り返る。「静かに入って。靴は脱いで靴下になるように」

早朝の校舎の薄暗い静けさの中、指示に従い二人とも玄関で靴下になった。硬質に冷えきった床が足に冷たい。別館は掃除がいい加減だから、たぶん靴下は真っ黒になるだろうが、まあ、そのくらいは仕方がない。

軽快に脚を上げて足裏の冷たさをごまかしながら、靴下はだしで伊神さんに続いて階段を上る。つるつるで硬い床の感触が足に痛いが、そのかわり足音はほとんどたたない。

三階まで上ったところで、伊神さんが、さっと手を伸ばして僕たちを制する。そのまま静止し、時間をかけて廊下を窺う。

「……よし。行くよ」伊神さんは振り返って僕たちに説明する。「一旦、現場前を通り過ぎて、棋道部の部室には逆側から入る。現場前は体を低くして、中から見えないようにね」

「了解」柳瀬さんが敬礼する。楽しそうである。

廊下に出る。体を低くし脚だけをすささささ、と動かす怪しい走り方で廊下を抜け、棋道部部室のドアの前に辿り着く。伊神さんは体を低くしたまま、慎重にドアを開けた。人一人が通れる隙間を確保するとするりと入り、ドアを押さえて僕たちを促す。

当然のことながら明かりはついておらず、棋道部の部室は薄暗い。伊神さんはランダムに並んだ机やら碁盤やらの間をするすると抜け、間仕切り壁のドアの前まで行くと、不意に緊張を解いてすっくと立ち上がり、ドアを押し開けた。

ドアは昨日までのことが嘘のようにすんなり開いた。僕は柳瀬さんと顔を見合わせ、しかし急いで伊神さんに続き、開かずの間だったはずの部屋に入る。狭い部屋の入口に伊神さんがいるので奥に入れないが、とにかく隙間に体をこじ入れた。一昨日に嗅いだ溶剤の刺激臭があった。

ドア前にサムソンはいなかった。そして部屋の中にいたのは。

「……おはよう。祁答院君」

伊神さんに呼ばれた祁答院君は、床にしゃがんだまま伊神さんを見上げていた。

……そんな、馬鹿な。

しかし伊神さんは驚いたふうもなくポケットを探り、パワーストーンらしきもののついた携帯ストラップを出した。「捜し物はここだよ」

祁答院君は、信じられない、という表情で立ち上がった。しかしすぐに気付いた様子で、目を見開いて伊神さんに訊いた。「……もしかして、罠だったんですか？」

それから、僕に続いて部屋に体をねじこんできた柳瀬さんを見た。柳瀬さんも頷いて応じた。

伊神さんは一歩前に進み、部屋の明かりをつけた。部屋の隅々までが照らし出され、祁答院君は少し不安げに周囲に目をやる。

「関係者数名に昨日と同じメールを送ったよ。反応があったのは君ともう一人だけだ」

伊神さんがそう言うと、祁答院君はそれだけで状況を理解したらしく、萎《しぼ》んだ声で「すいません」と言って頭を下げた。

僕は訊かずにはいられなかった。「ちょっと待って。本当に祁答院君が犯人なの？」

祁答院君は申し訳なさそうに頷く。

「そんな。じゃ、ドアに詰まってたパテはどういうこと？　あれは一昨日までではなくて、昨日いきなりああなってたんだ。いきなりああなる理由っていえば、伊神さんが鍵を開けられることを知って、それを防ごうとした……ってことしか考えられない。だけど、伊神さんの話をした時、祁答院君はいなかったじゃないか。あの場にいたのは僕と柳瀬さんと、谷口先輩だけだ。だから僕は、てっきり」

「とりあえず君はちょっと落ち着きなさい」

伊神さんが掌《てのひら》を、ぺち、と僕の額に当てる。「それは初耳だけど、まあ、それもすぐに分かるから」

それから祁答院君に振り返る。「とりあえず、どうしてHOゲージを持ち込む必要があったかを聞かせてもらいたいんだけど」

僕だってそれを聞きたい。彼は映研でも鉄研でもない。

「……それは、その」祁答院君は俯《うつむ》いて、ゆっくりと喋る。「……僕としてはできれば、隣に来るのは鉄研の方がいいから。ここの開け方は知ってたし、それなら、と思って、家から父の模型を借りてきて……」

祁答院君はまた「すいません」と頭を下げる。

それに対して柳瀬さんは手をひらひら振る。「謝んなくていいよ。それより、どうして鉄研が隣の方がいいの？」

黙ってしまった祁答院君にかわり、伊神さんが言った。

「昨日、隣の部屋で僕たちと話していた時、君は音もたてずに背後に忍び寄った辻君に気付いて振り返った。横を向いて立っていた葉山君ですら気付かなかったのに、ね。それを見て、もしかしたら、と思ったんだよね。……もっとも昨日、君の家に電話して家族に確かめたけどね」

え、と驚く祁答院君に伊神さんが問う。「つまり君、鉄道研究会に来てほしかったんじゃなくて、映像研究会に来てほしくなかったんじゃないかな？」

「……どうしてですか？」柳瀬さんが眉をひそめて祁答院君を見る。「そんなに映研、嫌い？」

「映研が嫌なんじゃない。すぐ隣でＡＶ機器が動くのが嫌なだけ……だよね？」

すべて分かっている、という調子の伊神さんに対して、祁答院君は素直に頷いた。

僕はまだ分からない。しかし柳瀬さんは「ああ！」と言って手を打ち、祁答院君に訊く。

「耳鳴りがするんだ？」

「モスキート音、って言った方がいいね」伊神さんが横から訂正する。

「え……どういうことですか？」

まだ分からない僕に人差し指を向け、柳瀬さんが説明する。「葉山くん、分からない？　古いテレビとかつけた時にキーンって耳鳴りするでしょ。ビデオカメラも古いのならあの音するよ。私、けっこうあれ聞こえる方なんだけど」

そういえば聞こえていたような気もする。つまり昨日の祁答院君は、カメラの音で辻さんの接近を感知したということらしい。

まだ今ひとつ腑に落ちない僕に、今度は伊神さんが尋ねる。「前のイグ・ノーベル賞(2)に『ティーンエイジャー撃退機』っていうのがあったんだけど、知らない？」

「……何ですか、それ」なんと胡散臭い響きの名前だろう。

「知らないか……」伊神さんは寂しげに言う。「あのキーンっていう音は耳鳴りとは少し違う。ブラウン管のフライバックトランスや水平発振回路が実際に出している音なんだよ。ただし可

(2)　その年の最もアホな研究に対して贈られる賞。「犬語翻訳機『バウリンガル』の開発」での受賞が有名。

聴域ぎりぎりの高音だから人によって聞こえ方が違うし、二十代後半頃には通常、聞こえなくなる。その性質を利用して、若い人間にだけ聞こえる耳障りな音を出し続ける機械があるんだ。それが『ティーンエイジャー撃退機』。その商品名が『モスキート』だから『モスキート音』って呼ばれている音なんだけど……本当に誰も知らないの？」

伊神さんは周囲を見回す。僕たちは揃って首を振る。そんな珍発明、知るものか。

「そんなものかな」伊神さんは残念そうに目を伏せる。「……まあ、その音なんだけど、人によっては相当、大きく聞こえるんだよ。表を歩いていて、通りがかった家の中でテレビがついているかどうかを判断できる人もいる。音量自体はそれほどでもないけど、ストレス性の高い音だからね。人によっては気分が悪くなったり、頭痛がしたりする」

祁答院君が、どこか嬉しげに応じた。「伊神さんもありますか」

「僕はそれほどじゃない」伊神さんは顔を上げて祁答院君を見据える。「でも、たとえば隣に映研が来て、複数のモニターやらカメラやらを動かしたら、その『騒音』で気分が悪くなる人がいてもおかしくない。あそこの機材は皆古いから、音も大きい。……当然、碁盤や将棋盤に向かうことなんて、できるわけがない」

「そうだったんだ……」柳瀬さんが漏らす。「でも、そこまでひどいなら言ってくれればよかったのに」

「まあ、なかなかそうはいかないでしょうね」祁答院君がそれを言えなかった理由は、僕にもなんとなく分かる。「『耳鳴りがしてうるさいから来ないでくれ』で、みんなが納得してくれるか、というと……」

　自分が経験したことのない身体的な問題は、誰だってなかなか理解できない。理解しようとしない人の中には、大袈裟だの我儘《わがまま》だのといった言葉を平気で投げつける人もいる。祁答院君にもきっと、理解してもらえず傷ついた嫌な経験があるのだろう。

「それで鉄研に味方したわけか」柳瀬さんは周囲を見回し、祁答院君にあらためて問い直す。「でも、どうやってこの部屋、入ったの？」

　伊神さんがサムソンの像を指さした。「あの像、軽いんだよ。本当は」

　これには僕が驚いた。「え、でも……重かったですよ。全力で押したのに全然動かなかったし」

「全力で押したのに全然動かなかった、っていうんなら、むしろそっちの方が怪しいとは思わない？　そんな重い像を誰がどうやってここまで動かしてきて、しかも、よりによってドアのすぐ前に置いたの」

　柳瀬さんが僕の二の腕をぐにぐにと揉む。「葉山くんがパワーなさすぎたんじゃないんですか？」

「まさか。いくら葉山君でもそこまで貧弱じゃないよ」伊神さんはサムソンの肩に手を置く。「まず、この像は軽い。暗くて気付かなかったかもしれないけど、これの材質は石じゃない」

「あっ」言われて初めて気付いた。サムソンだけではない。この部屋にある像のうち、いくつかは石像ではない。「……これ、石膏《せっこう》原型ですか」

石膏は石に比べてかなり軽い。等身大の立像に台座込みでも、二十キロに満たないだろう。これなら押して動かせる。

「でも、それじゃ僕が押して動かせなかったのは……」

伊神さんが無言でサムソンに組み付き、台座ごと抱え上げた。「これだよ」

台座の裏には黄褐色の染みがついている。それで分かった。これは接着剤の跡だ。

伊神さんはサムソンをごとりと下ろす。「この像が動かなかったのは重さゆえじゃない。強力な接着剤で床に貼り付けられていたためだよ。たとえば、像の台座の下にあらかじめ細長い棒を二本、敷いておく。美術部の物置なら、何かしら資材があっただろう。……その棒の端はドアの下の隙間から外に出しておく。自分が部屋から出た後、外に出した端の部分を引っぱって像をドアの前に移動させ、台座の下に接着剤を流し込む。敷いた棒は、そのまま引っぱって回収すればいい。開ける時は、ドアの隙間から溶剤を流し込めば動くようになる」

僕が嗅いだ溶剤の臭いはそれだったのだ。理解するとともに、僕の肩から力が抜けた。僕はてっきり、開かずの間にしたあの部屋で誰かがシンナーでもやっているのではないか、と思ってしまっていたのだ。

自分のことをすでに話してしまって楽になったのか、祁答院君はすらすらと話す。「前、あの部屋に入ってみようとした時、床に接着剤がついてたんです。それで、ドアのとこの像、見て……接着剤でくっつけてあるだけだ、って気付いたんです。その時は放っておいたんですけど……」

「……そういうことか」

僕は納得しかけて、まだ従前の疑問がそのままなのに気付いた。「でも伊神さん、それじゃ、ドアにパテ詰めたのは誰なんですか？　あの場には祁答院君はいなかったし……」

「いたんでしょ。彼は」伊神さんは親指で棋道部の部室の方を指した。その意味を摑みかねた僕たちを尻目に、伊神さんは開かずの間を出ると、つかつか歩いていって棋道部部室の明かりをつけた。僕たちも急いでそちらに戻る。

伊神さんが宣言する。「もう隠れても意味がないよ。出てきたら？」

机の下から、谷口先輩がのっそりと現れた。

「谷口……なんでここにいるの？」

柳瀬さんの問いに、谷口先輩は無言である。その彼に、伊神さんは携帯のストラップをほうり投げた。「返すよ」

谷口先輩はストラップを受け取りそこねて落とした。それを指さし、伊神さんは簡単に言う。

「昨日のメールに反応した……つまり、こっそり開かずの間に侵入していたもう一人が彼だよ。そもそもの原因……開かずの間を作った張本人も、ね」

視線が集中し、谷口先輩はおたおたと目を泳がせる。「いや、まあ、その」

「どうして、谷口先輩が……？」

僕の問いに、伊神さんは開かずの間を振り返る。「たぶん、君が言ってたあれだよ」

「『あれ』……？」

「窓際に置いてあった絵だよ。常識ある人間なら、あんなところに油絵を置いたりしないんでしょ」

「それは、まあ……ひび割れたりしますし」

「つまり絵をひび割れさせたい時は、あんなところに置いておけばいいわけだよね」

伊神さんは開かずの間に首をつっこむと、窓際の長机から油彩を一枚取って戻ってきた。取ってきた絵を僕に示す。「この絵の破損状況、どう思う?」

伊神さんが持ってきたのは風景画だった。おそらく近所の町並みを描いたものだろう。広めにとられた空の空間が奇妙に心地よい、なかなかの作品だ。だが近づいて見ると、平坦な場所には細かくひびが入っている。窓際に置きっぱなしにしていたのだから無理もない。

加えてもう一つ気付いた。ひび割れ以外に、ところどころ絵の具が剝がれ落ちている。これは、自然にひび割れたというよりも、むしろ。

「……何かぶつけたか、落としたかしたんじゃないですか?」

「……だそうだよ」

伊神さんは谷口先輩に視線をやる。それでようやく分かった。

「谷口先輩、つまり……ごまかそうとしたんですね。絵の破損を」

谷口先輩はその一言でますますうろたえ、俯いたと思ったらちらりと顔を上げ、いや、とか、まあまあ、とか、意味のない台詞《せりふ》を繰り返した。

開かずの間は昔は開かずの間ではなかったのだ。廊下の鍵は紛失していても、間仕切り壁のドアの方はまだ開けられたのだろう。その当時に谷口先輩は、そこにあった絵を落とすか何かして壊してしまった。焦った末に彼が考えたのが、わざと悪い状態で保存し、「破損は保存状態のせいだった」ということでごまかす、という手だった。

『『自然に』ひび割れてくれるまでは、あの部屋の絵は見られちゃまずい。だからあの像を床に貼り付けて、開かずの間にしたんですね」

おそらくは、そのまま忘れて出しっ放しにしてしまったのだろう。そして鉄研が開かずの間を部室に希望した時にそれを思い出した。だからとりあえず伊神さんに開けられないようにドアにパテを詰め、侵入する機会を待って絵を元の場所に戻すつもりでいた……。

いやあ、と言いながら頭を掻く谷口先輩に言う。「あれくらいなら僕でも修復できます。今描いてるのが終わったらやっておきますから、そんなに心配しなくていいですよ」

「ほんと？」谷口先輩は目を輝かせ、手を合わせて僕を拝んだ。「ありがたい。恩に着ます。お礼に映研が昨年作った自主製作映画のビデオを」

「いえ、別にいいです」礼になっていない。「それより、この程度なら初めから言ってくれれば……」

油彩は見た目ほど堅牢《けんろう》ではなく、たとえば裏側からちょっと衝撃を与えたくらいでも表面の絵の具が剥がれ落ちたりする。この絵の作者だってそのことを知らないはずはないから、素直に申し出ればそれほど咎められることもなかったはずである。

「ま、言いだせなかったんだろうね。何しろこの絵の作者は前美術部顧問、現在は某美術大学の講師で画家の利根川牧夫《とねがわまきお》先生だからね」

「えっ」初耳だった。聞いたことのない名前ではあるがとにかくこの絵、プロの作品だったらしい。上手いとは思っていたのだが。

　激しく頭を掻く谷口先輩に、伊神さんは呆れ顔で言う。「いくらプロの絵だってね、本人が転任する時、放っていっちゃうようなものだよ？　たいして咎められないと思うけどね」

　それなら家に欲しいな、などと反射的に考えてしまう自分がさもしくて情けない。

「一つだけ訊いておきたい」伊神さんが絵を持ったまま谷口先輩に歩み寄る。「開かずの間のはずだったあの部屋に鉄道研究会が入ろうとしたのは、君にとって不運だった。だからとりあえず映像研究会の名で紛争を起こし、その間に絵を戻すつもりだった。……そこまでは分かる。でもそれならどうして、一昨日のうちにそれをしなかったの？」

「いやあ、それは」

　あはは、と言って頭を掻く谷口先輩にかわって、祁答院君が言った。「不安になって一昨日の朝、ここに来たんです。……そしたら谷口先輩に会っちゃって」

　そして二人は顔を見合わせ、それぞれうなだれた。

　というわけで結局、開かずの間は鉄道研究会の部室になった。破損した絵については現美術部顧問の百目鬼《どめき》先生が問い合わせてくれたが、利根川先生の反応は「あっ、そんなのまだあったの？　いいよもう、あんな昔の恥ずかしいから捨てちゃって」だったらしい。いい絵なので、いずれ修復して美術室にでも飾り、美術部の宣伝に使うつもりである。

しかしそれより前に、僕は虎の絵を急いで仕上げなければならない。いつまた変な事件が起こり、美術室のドアがノックされるか分かったものではないからだ。

シチュー皿の底は並行宇宙に繋がるか？

二月下旬になって、家庭科の授業で本年度四回目の調理実習があった。家庭科の久我《くが》先生はいつも突然思い出したように「来週は調理実習です」と言いだすので脊髄反射《せきずいはんしゃ》で授業計画をたてているのではないかと噂されているが、四回目の今日をもって春夏秋冬及び和洋中華イタリアンすべての献立が出揃うことを考えれば、意外と計画的にやっているのかもしれない。

調理実習は動く人と動かない人がくっきり分かれる授業である。僕は家庭の事情で小学校の頃から週に何度か夕飯を作っているし、中学高校と弁当は自分で作っているから動こうと思えばいくらでも動けるのだが、では大活躍かというとそうでもなく、はたしてどの程度自分が動くべきなのか毎度悩んでいる。動きすぎて全部やってしまっては班の他の人がつまらないし、授業にもならないのではないかと思う。かといって、「僕がやってしまっては授業の意味がないから」などとのたまい賢《さか》しらに遠慮するのも気持ちが悪いし、体育や音楽の時は活躍する級友を横目に劣等感と格闘しているのだから、得意な家庭科の時くらい目立ってもいいではないか、という気もする。その葛藤の結果として、調理実習中の僕は、言われたことはすぐにやるが言われるまでは動かない「指示待ち人間」と化している。

ところが、今回は指示待ち人間ではいられなかった。献立はヨーグルトゼリーなる未確認冷菓を除けばサラダとシチューと鮭のムニエル、という簡単なものだったのだが、班の六名のうち、中学が一緒のミノこと三野小次郎《みのこじろう》と秋野麻衣《あきのまい》は料理経験なしが判明しているし、小菅《こすげ》は休みである。内田《うちだ》にいたっては授業開始の時点で「洗い物は俺に任せろ。あとは頼んだ」と宣言して傍観を決め込んでしまっている。もう一人の班員、藤巻《ふじまき》さんは手つきを見る限り相当慣れているようで、これまで別の班だった時はわりと活発に動いていたからあてにしていたのだが、今日の彼女はなぜかあまり積極的に動く様子がない。

体調が悪いのか、それとも何か困ったことがあるのかもしれない。そうは思ったのだが、あまり彼女の様子を気にしている余裕はなかった。内田とミノはレシピも献立も全く把握していないらしく、エプロンのポケットに手をつっこんだまま実習のプリントを覗《のぞ》き込んでいるから、細かく指示をして動いてもらわなければならない。秋野は一所懸命にジャガイモの芽を取ろうとしているのだが、手つきが極めて危なっかしいから、隣で包丁の使い方を見せながら一緒にやらなければならない。もともと人に指示をして動いてもらうのが苦手な僕はそれだけで精一杯で、藤巻さんに話しかけるのは後回しにせざるを得なかった。一度、野菜を切り終えた隙に気分が悪いのかと尋ねてみたが、彼女は首を振った。そうこうしているうちに内田が葉山《はやま》これどのくらい出すんだ、と僕を呼ぶ。そもそも切ったマッシュルームが変色しないようにレモン汁をふるとか、煮崩れないようにジャガイモだけ分けて準備室のレンジで加熱するとか、そういう細かい手間をきちんとかけている暇すらないのだ。僕はとりあえず、授業が終わっても彼女がまだそのままだったら、もう一度具合を訊いてみようと決めた。

内田に呼ばれてムニエルの方に移動するが、秋野と藤巻さんは仲のよい姉妹のように並んでヨーグルトゼリーを作っているからシチューの方を頼めない。幸いなことにミノが野菜を持ってシチュー鍋の前に移動してくれたのだが、すぐに質問が飛んできた。「葉山これ、蕪《かぶ》以外全部炒《いた》めちまっていいんだよな？」

「うん。あ、肉から先に入れてね。肉が白くなったら野菜ね」答える僕はつい大声になってしまう。どの班も火を使う段階に入っている上、皆いつもと違う授業に気分が高揚して口数が多い。その上に近所で始まった道路工事の騒音が加わり、調理実習室は大声でないと話ができないほど騒がしい。

「よっしゃ。行け野菜ども」ミノは料理が楽しいらしく、極めて元気である。野菜を鍋に投入し、まきあがる音と湯気に歓声をあげている。「うおっ、すげえ。なんか俺、料理してるっぽい。よーし葉山、シチューは俺に任せろ」

笑顔のミノに内田が言う。「あっ、てめえ三野、一番おいしいとこだけやんな」

「うるせえ。人参忘れたやつが言うな」

「うっ」材量は班員が手分けして持ち寄ることになっているが、シチューの野菜を持ってくるはずだった内田が人参を買ってくるのを忘れたため、うちの班のシチューは人参抜きである。

「すまん。俺、料理とか駄目だわ。洗い物やるわ」

「いや、それ関係ないよ」鮭の切り身に小麦粉をまぶしていた僕は急いで言った。目下、うちの班で手が空いているのは内田だけなので、それでは困るのだ。「内田、そんなこと言わないで何かやってよ」

それを聞いたミノが内田に言う。「じゃあ、おたまで味見して『まあまあかな』って頷くところはやらせてやるよ」

「じゃ途中でシチュー係替われよ」

「おう」

ミノは親指を立てたが、なぜかすぐに訂正した。「いや待て。俺ちょっと消える」

「何だよ」内田が大声で言う。

見ると、ミノはエプロンを脱いで丸めている。

「ミノ、どうしたの？」

僕が訊くとミノは大声で答えた。「便所」

それから内田に言った。「内田シチュー係今替われ。葉山がホワイトソース作ってくれるから、それ入れてかき回してりゃいいから」

「よっしゃ、それくらいなら任せろ」内田は袖《そで》まくりをしつつミノに怒鳴る。「ていうか料理中に便所って言うな。うんこか？」

ミノは大声で答えた。「まだ分からん。お前こそ堂々とうんことか言うな」

「ちょっとそこ、やめてよ」後ろから女子に叱られたミノと内田は「ああ悪い悪い」と笑う。

うちの班は賑《にぎ》やかである。

ところが、いつもならその賑やかさに乗って喋りまくるはずの藤巻さんはなぜか何も言わず、ミノをじっと見ているだけだった。ミノがエプロンを抱え、右手にはなぜか菜箸を持ったまま出ていった後も、入口の方を見たまま手を止めていた。

妙なことに、トイレに行ったはずのミノは結局最後まで戻ってこなかった。盛りつけと配膳が終わった後には全員が前に集まって実習用のノートを受け取り久我先生の話を聞く時間があるのだが、僕はその時になってようやく、戻ってきたミノに背中をつつかれた。「悪い。便所、時間かかった」

道路工事の騒音と、それに負けじと声を張りあげる久我先生のおかげでミノの声が聞こえにくい。僕はミノの耳に顔を寄せて囁《ささや》く。「大丈夫？　腹痛？」

「いや、もう大丈夫」

うちの班は藤巻さんもおかしかった。集団食中毒でも起こっていたらたまらないが、二人とも調理中に何かをつまみ食いしたような様子はなかった。

もっとも、見る限りミノは健康そのもののようだ。席に着いた後もミノは特に顔色が悪いということもなく、まだかすかに湯気をたてている料理を見て満足げである。「いやあうまそうだ。やっぱ自分で作ると違うよな」

「お前、ずっといなかったじゃねえか」ミノが戻らないため、あの後ずっとシチュー鍋を担当することになった内田が苦笑して言う。

「まあ、細かいことは気にすんな」ミノはへっへっへ、と笑った。

ミノはいただきますと言うなり「あちい。でもうめえ」と言いながらシチューをかっこみ始めた。一方、藤巻さんは秋野の苦手なグリーンアスパラを彼女の皿からすくい取ってやりながらも、向かいに座ったミノの食べる様子をじっと見ている。

それを見て確信した。藤巻さんには何かある。それも、ミノに関する何かが。


調理実習は三時間目と四時間目をぶち抜きでやり、調理実習室での昼食後はそのまま昼休みになる。僕は他の班の残り物をつまみながら喋っているミノたちと別れ、調理実習室を出ていく藤巻さんを追った。教室で弁当を食べている時は賑やかに笑い声を響かせる人なのだが、今日、食べている途中はほとんど喋らず、隣に座る秋野までが怖がって黙ってしまうほどだった。内田は「藤巻、変じゃねえ?」と訝《いぶか》っていたが、ミノは気にする様子もなく喋っていた。

階段のところで追いついて呼ぶと、藤巻さんはああ、と言って振り返った。僕が話しかけてくるのをあらかじめ了解しているような顔だなと思ったら、彼女の方が先に口を開いた。「葉山君、三野のジャガイモ、かわりに食べてあげたりした?」

「ジャガイモ?」いきなりの上に、あまりに要領を得ない質問である。「いや、何も……だってあいつ、すごい勢いで食べてたし」

「だよね」藤巻さんは口を尖らせ、んー、と唸《うな》った。

僕は食事中、彼女が秋野のグリーンアスパラを取ってやっていたのを思い出した。「ミノって、ジャガイモ苦手だったたっけ？」

藤巻さんは答えず、唸ったままだった。なぜか僕の目をちらりと覗いてから視線をそらし、しばらく唸っていた。

それから、だしぬけに両手で頭を抱えた。「ああっ、分からん」

「何が？」

「あいつの皿、ジャガイモ入ってなかったよね？　それとも入ってたのかな？　私が見落としただけ？」

「ジャガイモって……」

藤巻さんは僕の肩越しに言った。「ねえ麻衣ちゃん、どうだった？」

振り返ると、僕の後ろで秋野が首を振っていた。僕を追って慌てて調理実習室から出てきたらしく、三角巾をつけたままだ。「……私、ちゃんと見てない」

「藤巻さん、どうしてミノの皿のジャガイモが気になるの？」

僕が訊くと、藤巻さんは少しだけ困ったように視線を外したが、すぐに答えた。「あいつ、ジャガイモ嫌いなはずなんだよね。だから、シチューは残すと思ってたんだけど」

「食べてたよ？　残さず」それどころか、うまいうまいと言いながら一番先に完食していた。

「うん。だから、平気になったんだと思ったんだけどさ。変なんだよね」藤巻さんはまた唸った。「あいつの皿、ジャガイモ一つも入ってなかったの。内田に頼んで入れないようにしてもらったのかなって思ったんだけど、内田はそんなことしてないって言うし」

「じゃ、たまたま入ってなかったんじゃないの?」

ジャガイモはかなりの数を使ったし、内田は鍋を底の方までさらって全員の皿にシチューをなみなみとよそっていた。そのことを考えると、誰かの皿にジャガイモが一つも入らない、というのは考えにくいのだが、ありえないことではない。

「だって他の四人のはみんな五つくらいは入ってたよ。ていうか、その前に」藤巻さんはびしりと人差し指を立てた。「それっておかしくない? シチュー皿ってけっこう深いのに、三野、すごい勢いで食べてたよ?」

「そうか。……確かに」

僕は頷き、隣で疑問符を浮かべている秋野に説明した。シチュー皿の中に苦手な野菜が入っているかもしれないというなら、普通は慎重に、その野菜が入っていないか探しながら食べるはずである。今回は入れていないが、たとえばブロッコリーや南瓜《かぼちゃ》のような目立つ具なら、皿を見ただけでも入っているかどうかが判断できるから、皿を見て「ない」と分かった後は勢いよく食べる、ということも可能である。しかし相手はジャガイモで、それに加えてあの時は、大きな野菜がそのまま入っているのは苦手、という内田のために小さめに切っていたのだ。一見しても入っているかどうかは判断しにくいし、煮崩れた小さいものが、皿の底に潜んでいる可能性もある。「だとすると……」

藤巻さんは頷いた。「三野は最初から、自分の皿にジャガイモが入ってないこと、知ってないとおかしいの。不思議じゃない?」

「……確かに」

隣の秋野が上目遣いで藤巻さんを見ているので、僕は藤巻さんに訊き返した。「藤巻さん、それが気になってミノのこと見てたの？」

「だって不思議じゃない？」藤巻さんはこちらに向かって身を乗り出した。「おかしくない？よそったのが内田なら、三野はどうやってジャガイモ食べずに済ませたの？」

「ミノのことだから、何か細工したのかもしれないけど」僕は半歩ほど下がりながら答えた。「でも、ただ単に、煮崩れたちっちゃいのなら平気だったってだけかもしれないよ」

「ならいいけど」藤巻さんは目を伏せた。「……でも、そうじゃないと思う。三野、作ってる途中も変だったし」

「……やっぱり、変だったよね」藤巻さんもそう思っていたようだ。ミノはトイレだと言って席を外したが、出ていく直前も戻ってきた直後も、体調が悪いようには見えなかった。あれは何だったのだろう。

「ミノはジャガイモが苦手だった。ミノの行動は変だった。ミノの皿にはジャガイモが見当たらなかった……」口に出して整理すると結論が出た。僕は言った。「何か、細工したんだと思う」

藤巻さんは目を細め、だよね、と言って頷いた。

それから急に表情を変え、いつもの賑やかな口調になった。「いやあ、ごめんね麻衣ちゃん。私そういえば食べてる間、全然喋らなかったよね。もう気になって気になって、喋るどころじゃなくてさあ。怖かったっしょ？」

秋野は素直に頷いた。

「ごめん」藤巻さんは秋野に手を合わせる。「まあ悩んでてもしょうがないよね。あとで三野に訊いてみるわ」

「あの」

「いやあ、あいつ昔からわけわかんないんだよね」藤巻さんは僕を遮って言い、秋野を指さした。「じゃあね。あ、麻衣ちゃん三角巾つけたまんまだよ」

慌てて頭に手をやる秋野に手を振り、藤巻さんは階段の上に消えてしまった。

きつく縛りすぎたらしく、後ろの結び目を相手に悪戦苦闘する秋野にかわって三角巾をほどいてやりながら（彼女にかかると、周囲の人間はみんなお兄さんお姉さんになってしまう）、僕は首をかしげた。ミノがジャガイモを苦手としているというのは初耳だったが、藤巻さんはミノの幼馴染だと聞いているから、確かなのだろう。そしてミノはおそらく、何らかの手段でジャガイモを食べずに済ませたのだ。

だが、第一にその動機が分からない。ジャガイモが苦手なら、自分でそう言って僕にでもよこせばよかったのに、なぜ細工などをしたのだろう。ミノは以前から秋野のことが好きだと公言していたから（もっとも、秋野の方は最近まで彼氏がいたのだが）、彼女の手による料理を残すのが嫌だったのだろうか。だが、その秋野だって苦手なグリーンアスパラを藤巻さんに食べてもらっているのだ。ジャガイモを僕に任せることぐらい、言いだせない雰囲気ではなかった。

そして、もう一つ。藤巻さんはなぜミノを見ていたのか。

彼女は調理中からすでに、ちらちらとミノを見ていた。さっきは「ミノの皿にジャガイモが入っていないのを見て不思議に思った」と言っていたが、彼女がミノを見ていた原因はそれではないのだ。それに、普通に考えれば、他の人のシチュー皿にジャガイモが入っているかどうかなど、そこまで気にするようなことではないはずだ。なぜ彼女は、内田に訊いてまでミノがジャガイモを食べたかどうか知りたがったのだろうか。

だが、実際のところ一番分からないのはそれらではない。そもそも、シチュー皿の中のジャガイモを誰にも気付かれずに消す方法なんてあるのだろうか？

「……食べたふりして、残したんじゃないの？」

「僕は隣で見てたけど、ミノは完食してた。食べながら、隣の僕に気付かれないようにジャガイモだけこっそり捨てるっていうのも無理だと思うし」

「じゃあ、いただきますの前にこっそり出すのは？　席は決まってたし、三野くん、みんなが前に集まってから来たでしょ。みんなが前を向いてる間に、自分のお皿からジャガイモだけ出すの」

ミノは配膳まですべて済んだ後、皆が教室前方の久我先生に注目している間に後ろから入ってきた。誰にも見られなかったのは確かであるし、工事現場の騒音の中だったから、多少の音をたてても気付かれない。シチュー皿に何か細工をすることは充分可能なのだ。しかし。

「ジャガイモが本気で苦手っていう人が、それだけで安心して食べられるかっていうと……」

他人に見られないように急いで、ということになると、皿の中を念入りに探ることはできないだろう。ミノが細工をしてまで避けるほどジャガイモを苦手としているなら、ざっと探っただけの皿をためらいなく完食した、と考えるのは無理がある。一方、もしミノが小さいものなら食べられたというなら、わざわざ手の込んだ細工をしたりはしなかっただろう。その程度の好き嫌いであれば、見つかるリスクを冒してまで細工をしたりせず、えいやっと食べてしまうのが普通である。

「……そうだね」秋野は俯《うつむ》いたが、諦《あきら》める気はないようで、手の中の三角巾をいじりながらまた考え始めた。

昼休みのざわめきに混じって、道路工事の音がここまで聞こえてきている。

結局、藤巻さんが去った後も秋野と二人、階段に突っ立ったままああでもないこうでもないと話している。秋野は単に授業中の藤巻さんの様子が気になったから、彼女を追って調理実習室を出た僕についてきた、というだけのようだったが、どうやってジャガイモを消したのだろう、と僕が問題提起すると、不思議、と言って僕より真剣に悩み始めた。

秋野が俯けていた顔を上げてこちらを見る。「それじゃあ、盛りつける前に鍋から出したんじゃないの？」

「シチュー鍋には内田がずっとついてたからなあ」ジャガイモは最初に切って水にさらし、その後、他の野菜と一緒にボウルに入れた。ここまでは僕と秋野がやっている。そこから鍋に入れて炒め、水を入れるところまではミノだったが、その後すぐに内田に交替していた。「そもそもミノ、配膳が全部済むまで帰ってこなかったし」

「じゃあ」秋野は僕を上目遣いで見て、間髪を容れずに続ける。「内田君に頼むのは？『藤巻さんには黙ってて』って言って」

僕は一瞬、それはありうる、と思って腕を組んだのだが、組んだ腕をすぐにほどいた。

「……内田は僕たちと喋りながら手だけ動かしてるような感じだった。鍋を見もしないで細工するっていうのはちょっと無理だし、細工するんなら、僕たちに話しかけて自分に注意を向けたりしないと思う。……皿によそう時も普通だったしなあ」

むしろ普通よりも無頓着だったようだ。普通なら、シチューが余ったら五つの皿に適量を入れて、あとはお代わりとして残すところである。なのに内田は鍋の底までさらい、全員の皿になみなみとよそって強引に余りをなくしていた。

「じゃあ、鍋に入れる前にボウルから出しちゃうの」秋野は続けた。人見知りをする反面、慣れた相手にはけっこうよく喋るやつである。「内田君はよそう時、鍋の中身を確かめてないでしょ。だから、鍋に野菜を入れる時に、ジャガイモだけ入れないの」

「難しいと思う。ボウルにはジャガイモだけじゃなくて玉葱とグリーンアスパラと……マッシュルームもごちゃまぜに入ってたし」

僕が見た限りでは完全にごちゃまぜだったし、野菜はどれもわりと細かく切っていた。あの混沌《こんとん》としたボウルからジャガイモだけを選んですべて取り出すというのは、厳密にジャガイモだけを取り出さなくてもよい、という点を考慮しても少し時間がかかりすぎる。藤巻さんはミノをちらちら見ていたから、時間をかけていたら彼女に見つかってしまうだろう。

「……そうだよね」

ジャガイモだけを抜いた野菜のセットをもう一セット作っておいて、すり替えたらどうか。そう言いかけてやめた。野菜はほとんど僕が切ったのだが、シチューに入っていたのはどう見ても僕が切った野菜だった。

秋野はしばらく考えていたが、どうやらギブアップしたらしく、悲しげな調子で言った。

「分かんないね」

「ミノのやることだから、すぐには分からないよ」分からないからといってそんな顔をする必要はないはずなのだが、秋野が悲しげに俯いていているので僕も頭を働かせた。駄目出しばかりでは可哀想だ。「……たとえば、あれはジャガイモじゃなかったっていうのはどう？　うちの班が使ったのは外見が似ているだけで、ミノが食べられる別の野菜だったとか」

「ジャガイモだったと思う」

「だよね」

やはり分からない。シチュー皿の底に、ジャガイモだけが通過できるワームホールでもあったのだろうか。

唸る僕の袖を秋野が引っぱった。彼女が僕と階段の下を交互に見るので、僕も階段の下に目をやった。

彼女の指さす先にいたのは、伊神《いがみ》さんだった。

「……ふうん。まあ、三野君のことだからね。間違いなく、トリックを使ってジャガイモを食べずに済ませたんだろうけど」

先日、国公立大学の二次試験が終わったばかりであるが、三年生はまだ「後期試験の準備」という名目で学校を休んでいる。伊神さんにしても、今日はただ単に、借りた本を図書室に返しにきただけらしい。

「でも、今言った通りです。よっぽどの偶然とか早業《はやわざ》があったんじゃなければ、ちょっと……」

僕はそう言ったが、伊神さんはすぐに答えた。「本当にそう思う？　けっこう、ヒントはたくさんあると思うんだけど」

「ヒント、ですか」そう口にしてから、僕は伊神さんの言葉の意味を理解してぎょっとした。

「ちょっと待ってください。じゃ、もう分かったんですか？　話を聞いただけで？」

「それで充分だよ」伊神さんはあっさりと言った。話を聞いている時のこの人には考え込んでいる様子も、何かを思いついた様子もなかったのだが。「ついでに言えば、三野君がこんなことをした動機もだいたい想像がつく。それに藤巻君の態度もまあ、理解できなくはないよね」

秋野と顔を見合わせる。お互い、ただ驚くことしかできない。「ヒントって……」

僕と秋野が驚いている間に、伊神さんはくるりと向きを変え、歩き出した。

「伊神さん」

伊神さんは呼んでも振り返りもしない。廊下の突き当たりに向かって歩き出したので、僕はてっきり調理実習室に行くのかと思ったが、なぜか伊神さんはその手前の調理準備室に入った。後を追って調理準備室に入ると、伊神さんはなぜか、準備室の棚を片っ端から開けていた。

「ええと……」後ろから来た秋野と顔を見合わせ、再び伊神さんに目をやる。「何をしてるんですか？」

「確認作業だよ」伊神さんはこちらを見もせずに棚をあさっている。引き出しを引き、戸を開き、時折、一人で納得した様子で頷いたりしている。「皿、耐熱容器、箸にラップ……何でもあるね。オリーブオイルまである」

「料理研究会が活動してますから」僕はとりあえず、伊神さんが開けっ放しにした引き出しを閉めていくことにする。「生鮮食品以外は大抵揃ってます」

冷蔵庫には牛乳やバターなどの他に、料理研究会の人が要冷蔵のおやつ類をプールしているらしい。

伊神さんは周囲の戸棚を開け放したまま満足げに一つ頷き、ようやくこちらを見た。「じゃ、放課後すぐに調理実習室に来てね。説明するから」

「えっ」話が早すぎてついていけない。僕は、僕たちの脇をすり抜けてさっさと出ていこうとする伊神さんを急いで止めた。「ちょっと待ってください」

「ヒントって何ですか」

秋野がそう訊くと、伊神さんは立ち止まって顔だけこちらに向ける。「三野君の行動すべてがヒントだよ。彼は全部、計算づくで動いている」

それから何か思い出した様子でくるりと体を反転させると、伊神さんは少し腰をかがめて僕と目線の高さを合わせた。「葉山君」

「はい」

「君が一番鋭いから訊いておくけど。藤巻君は三野君の振舞いをどう考えていた？　三野君がジャガイモを平気になったのかもしれない、と考えて納得していた？」

「はあ」

質問の意図を訊こうとしたが、伊神さんは僕から視線を動かさない。

「ええと」別にやましいことがあるわけではないのだが、伊神さんにじっと見られると何かいろいろ見透かされそうでおっかなく、僕はつい目をそらしてしまう。「一応、平気になったんだと思った、とは言ってましたけど……。でも、納得はしてないみたいでした」

「ふむ」

僕が視線を前に戻すと、伊神さんは顎《あご》を撫でつつ何事か思案していた。

「もう一つ確認しておくけど」伊神さんは目だけをこちらに向けた。

「はい」

「内田君が忘れてきたため、君らの班のシチューには人参が入っていなかった、んだね？」

「はい」頷いて秋野と顔を見合わせる。「それが何か、大事なんですか？」

「わりと、ね」例によって、伊神さんは自分だけが合点している様子である。「じゃ、三野君のことについて説明するから一緒に来いって、藤巻君にも言っておいてね。僕は買い物に行ってくるから」

「はあ。……買い物って何ですか？」

「野菜」

伊神さんはそう答えると、僕たちに背を向けて調理準備室を出ていった。

放課後の調理実習室は広い。壁も床も調理台も無機質な白一色なので外から見ると寂しげなのだが、空気の微妙な生暖かさと独特の穀物っぽい匂いのため、入ってみるとなんとなく暖かみがある。

僕と秋野と伊神さん、それに僕が連れてきた藤巻さんの四人を除き、調理実習室には人がいなかった。この部屋は料理研究会の本拠地であり、放課後に覗けば手を動かしながらすごい勢いでおしゃべりをする女子の集団が拝め、なるほど女子高生は四十年後のおばちゃんなのだなとしみじみ考えたりもできるのだが、今日は料理研究会も活動していないらしく、彼女らの姿はない。話し声のない空間に、道路工事の音が外から聞こえてくるだけである。

「午後の授業中、考えてたんですが」僕は伊神さんに言った。「ミノが途中でいなくなって、あのタイミングで戻ってきたのはやっぱり不自然です。あれがわざとだったと考えれば、ミノはこっそり何かをするためにこの部屋を出た、と考えられますよね」

伊神さんは無言で頷く。

「それで、思いついたんですけど」僕はそこでひと呼吸置いた。「ミノは、自分の分だけシチューを別に作ってたんじゃないですか？　皿は準備室にいくらでも余ってるし、道具も一通り揃ってます。ミノは食べる直前までいなかったんだから時間的にも可能です。準備室で自分のシチューだけ作って、あるいは最初から作ってあったやつを皿に入れて、みんなが前を向いている隙に、もとから置いてあったものと皿ごとすり替えるっていうのはどうでしょうか？」

僕が話している途中から、伊神さんはすでに眉間《みけん》に人差し指を当てていた。それを見た僕はやはり違うのだろうかと自信がなくなったが、案の定、伊神さんは言った。「違うよ」

「……駄目ですか」僕は溜め息をついた。午後の授業中にずっと考えても、このくらいしか思いつかなかったのだが。

「いや、面白いけどね」伊神さんは苦笑した。「すり替えて隠した方の皿をどうするのかとか、その場で思いついたなら食材や火や水はどこで用意したのかとか、かといって最初から計画していたならシチューを家で作って持ってきたはずだからあんなに長く席を外す必要はないはずだとか、そういうことはまあいいとして」

「うっ」まあいい、ではない。僕は早くも言葉に詰まった。

「君が言ってたでしょ。シチューは全員、なみなみと入れられてたんじゃなかったの？　外から器を持ってきて急いですり替えなきゃいけない三野君が、そんなになみなみと入れる？」

「……なるほど」自然と肩が落ちる。やはり、シチュー皿のワームホールは健在なままだ。

「それなら、どうやったんですか」

秋野が訊くと、伊神さんは鞄を探った。何を出すのか、と思ったら、鞄の中からぬう、と出てきたのはむき出しのジャガイモである。「はいこれ」

ジャガイモを渡された僕とそれを横で見ている秋野たちが呆気《あっけ》にとられている間に、伊神さんは鞄を探ってパック入りのマッシュルームを出した。それをまた僕に渡すと、今度はむき出しの玉葱を出し、グリーンアスパラと蕪の束を出した。「これで全部だね」

渡された僕の手の中には、今日作ったシチューに入っていた野菜が揃っている。「……なんで、こんなものを」

「さっき買ってきたんだよ。どこにでも売ってるものばかりだよ」

「いえ、そこはいいんですが」

僕の隣では藤巻さんが口を開けてぽかんとしているのだが、伊神さんは全く意に介さぬ様子で言う。「実際に見た方がはっきりするよ。確認も兼ねてね」

「ええと、じゃあ」僕は腕の中の野菜を見る。「つまり、料理するんですね。同じように」

「お願いするよ」

唖然としている藤巻さんをつついて手伝ってもらい、実習中と同じ手順で野菜の皮をむき、切る。制服のまま、授業でもないのに学校で料理をしているというのは不思議な気分だな、と思ったら、藤巻さんも苦笑して「なんか変な気分」と言った。隣で見ている限りでは彼女はやはり手際がよく、これでなぜ実習中はあまり動かなかったのだろう、と疑問に思った。僕と同じ理由だろうか。

「はい、そこでストップ」

野菜を切ってボウルに入れたところで、伊神さんが僕と藤巻さんの肩に手を置いた。

「じゃ、説明するよ。……説明するほどのことでもないけどね」

横で見ていた秋野も含め、僕たち三人の視線が伊神さんに集まる。

「簡単なことだよ。三野君はそもそも、ジャガイモだけを鍋に入れなかったんだよ」

その後に何か説明が続くと思っていた僕は黙って次の言葉を待っていたのだが、伊神さんはそれで話を終わりにしてしまった。

数秒の後、ようやくあれれと思った僕は訊いた。「あの、説明ってそれだけですか?」

「そうだよ」

じゃあこの野菜は何だ。「……あの、それは無理なのでは」

「だって、それ以外の方法はないよ。切ってボウルに入れる段階までは君がやったんだし」

「あの、でも」

「具体的に言うとこうなる。三野君は鍋に野菜を入れる前にジャガイモだけをこっそり別にしていた。そうした後に他の野菜だけを何食わぬ顔で炒め、ジャガイモをエプロンのポケットに隠して内田君と交替し、部屋から出る」

「エプロンの……」

「トイレに行くのに、どうして脱いだエプロンを持っていく必要があるの。普通は調理実習室に置いていくよ」

「なるほど」

言われてみればそうだ。それに、ミノは脱いだエプロンを丸めて抱えていた。考えてみればあれだって、ポケットがジャガイモで膨らんでいることを隠すためだったのかもしれない。

「君の話によれば、内田君は最初から何もできないことを宣言していた上に、鍋の中身にも全く注意を払っていなかった。慣れた人でも具材の一部を入れ忘れることぐらいはある。レシピを全く把握していない内田君ならジャガイモが欠けていることに気付かないだろうし、他の三人の手が空いていないとくれば、いったん任された鍋の前から動かないはずだ――そう踏んだんだろうね」

伊神さんはボウルの中の野菜を見た。「持って出たジャガイモは準備室のレンジで加熱する。準備室にはレンジを始め、ラップも箸も耐熱容器も全部揃ってたからね。あとは、調理済みのジャガイモを入れた容器をエプロンのポケットに忍ばせて、毎回のことになっている、久我先生の説明の時間にこっそり戻ればいい。ジャガイモは小さく切ってあったし、シチューに入れて長々と煮込めば多少は煮崩れる。皿によそう時点ではもうホワイトソースが入っているわけだから、仮にシチューをよそったのが内田君でなかったとしても、注意して見ていない限り、ジャガイモが入っていないということには気付かなかっただろうね」

だが、僕たち四人の皿にはジャガイモが入っていた。「ということは……」

「逆なんだよ。三野君は自分の皿からジャガイモを抜いたんじゃなくて、他の四人の皿にジャガイモを足した」伊神さんは窓の外に目をやり、結論を言った。「久我先生の説明の間なら、皿に細工をする余裕はあった。道路工事の音がこれだけうるさければ、音を聞かれる気遣いもないしね」

「なるほど」

藤巻さんはそれで納得してしまった様子だが、秋野はもじもじしている。それを見て、僕もようやく質問すべきことを口に出せた。「いえ、それはいいんですが、肝心なことが」

伊神さんがこちらを見る。言いたいことは分かっている、という顔をしているように見えなくもなかったが、僕は訊いた。「そのやり方は秋野も考えたんです。でも、問題は」

「ボウルの中でごちゃまぜになっている四種類の野菜の中から、ジャガイモだけをすべて取り出すのは非常に手間がかかる。厳密にジャガイモだけを選ぶ必要はないとしても、ね」

伊神さんもその点は了解していたらしく、落ち着いて言った。

「まあ確かに、三野君がマクスウェルの悪魔(1)と仲良しだとも思えないしね。……でも、方法はあるんだよ。簡単なのが」

そう言うと、伊神さんは僕と藤巻さんの間に割り込んできた。

「玉葱、グリーンアスパラ、マッシュルーム。この三種類とジャガイモの間には、ちょっとし

(1)「もし分子一つ一つを観測して分別できる悪魔が存在したら、熱力学の第二法則は崩れるのではないか」という思考実験に登場する悪魔。趣味は物理学者の脳内でちまちまと分子を整理整頓すること。傍から見ればつまらなそうな趣味だが、本人は楽しいらしい。

た差がある。つまり」言いながら手を伸ばし、蛇口を捻《ひね》って勢いよく水を出す。

ボウルを見ていた僕は、思わずあっと声を出した。それを聞いた秋野が藤巻さんの横から顔を出してシンクを覗き込む。

伊神さんはボウルの中を見ながら言った。「大抵の野菜は、加熱する前は水に浮く。ジャガイモ、玉葱、グリーンアスパラ、それにマッシュルーム……この中で、水に浮かないのはジャガイモだけなんだ。人参は時季や鮮度によって浮きも沈みもするけど、君たちの班は、内田君が忘れてきたために人参を入れていなかった」

ボウルの縁から水が溢れ、ジャガイモ以外の野菜はぷかぷか浮かんで移動していた。伊神さんはボウルに手を差し入れ、浮いている野菜をざあっ、と流して隣にくっつけたざるに入れた。ボウルの底にはジャガイモだけが残っている。

伊神さんは蛇口を捻り、水を止めた。そして手で蛇口を摑んだまま言う。「そして、三野君がなぜこの方法を使ったかを考えると、動機も想像がつく」

「……動機、ですか」

僕は伊神さんの横顔を見る。反対側からは藤巻さんと秋野も見ている。しかし伊神さんはどちらを向くこともなく、シンクの中を見ながら言った。

「ただジャガイモを食べたくないだけなら、残すなり何なりすればいい。ジャガイモを食べられないことを他の人間に知られたくないというなら、自分がシチュー皿の前に陣取って、よそうところまでやればいい。一つの皿にジャガイモを入れないくらいはできるだろうし、その皿をさりげなく自分が取る、という方が、こんなややこしい方法をとるよりよっぽど簡単だよね。つまり彼にとっては、その方法では駄目だった理由があるんだ」

伊神さんはひと呼吸置いた。姿勢はそのままだが、視線は藤巻さんに向けたようだ。藤巻さんはぎょっとして伊神さんを見た。

伊神さんは言った。

「彼にとっては、ジャガイモそのものを食べないというだけでは不充分だった」

僕の脳裏にある単語が閃《ひらめ》いた。ミノの行動が単なる好き嫌いによるものでないとしたら。

「……アレルギー、ですね」

僕が言うと、伊神さんはこちらに視線を向け、小さく頷いた。

食物アレルギーといえば小麦粉や卵のイメージがあるが、実はほとんどの食材に、アレルゲンとなる可能性があるのだ。貝類のアレルギーはわりと知られているし、肉も魚もアレルゲンとなりうる。当然、野菜もまた然《しか》り、である。

そしてアレルギーを持っている場合、アレルギーを引き起こす食材と一緒に調理した食材を食べただけで症状が出るケースがある。つまりミノは、ジャガイモが鍋に入れられることそのものを避けなければならなかったのだ。そうだとするならば、とれるのはあの方法しかない。

そこまではいいのだが、それでもやはり疑問はある。「それだったら、アレルギーだからって言えばいいんじゃないですか？」

「それ以前に、適当な理由をつけて授業そのものを休めばいい。三野君がそうしなかった理由は、藤巻君だろうね」伊神さんは再び藤巻さんに視線を戻した。「藤巻君は、三野君がジャガイモを食べるかどうかを不自然なほど注意深く観察していた。そもそも、他の班員の皿にジャガイモが入っているかどうかなんて、よほど注意して見ていなければ分からないよ。加えて彼女は、三野君の皿にジャガイモが入っていないと知ると、内田君にわざわざ『入れないようにしたのか』と訊いている。普通だったら『たまたま入っていなかったのだろう』で済ませるところなのにね」

僕は藤巻さんを見た。秋野も体を引き、藤巻さんを窺《うかが》うように見ている。

伊神さんは言った。「三野君も、藤巻君がそうする可能性を知っていた。その上でなお、自分がジャガイモを平気で食べたように思わせたかった」

藤巻さんは伊神さんを見つめていたが、僕と秋野に視線をやり、全員から見られているのを自覚したらしい。はあ、と大きく息を吐いて俯いた。「……あの、馬鹿」

伊神さんは摑んでいた蛇口からようやく手を離し、藤巻さんに尋ねた。「以前、三野君から聞いた気がするんだけど。君はたしか、小学校から一緒だったね」

「……小学校の、五年の時なんですけどね」

藤巻さんは俯いたままで喋り始めた。

「調理実習で、今日と似たようなメニュー、やったんです。私は料理が得意だったから、すっごい張り切って、一人でほとんど全部作りました。それと、ジャガイモを持ってきたのも私でした」藤巻さんは言葉の切れ目で、ふう、と強く息を吐いた。「シチューを食べた途端、三野が倒れたんです。顔、真っ白で……」

「アナフィラキシーだね。……そんなに敏感なのに、よく食べたね」

伊神さんの言葉に、藤巻さんは顔を上げて頷いた。「三野は、これまではブツブツができるくらいだったから、ちょっとくらい食べてもいいだろうと思った、って言ってました。せっかく自分で作ったんだし、って」

そういえばミノは、蕪は一緒に炒めない、ということを知っていた。

「それなのにいきなり倒れたから、みんなびっくりしました。私はそれどころじゃなくて、ほとんどパニックになっちゃって」藤巻さんは自嘲的に笑い、前髪に手をやったりして恥ずかしそうにしている。「もう大泣きでした。私の作り方がいけなかったんだとか、私の持ってきたジャガイモに毒が入ってたとか、いろいろ言って。……ていうかあの時『変なジャガイモだったんじゃないの』って言ったやついたな。あいつ許さん」

「まあ、周りも小学生だからね」

「そうですけど。……あ、思い出した。坂口《さかぐち》紗《さ》里《り》奈《な》だ。あいつ許さん」

藤巻さんは拳を握ったが、目は笑っている。本当に怒っているわけではなく、自分が泣いた話をするのが恥ずかしくて照れ隠しをしているだけなのだろう。

「……三野の方は別に、保健室で寝たらすぐよくなったんですけど、それからはもう絶対、ジャガイモは食べないようにしてたみたいなんです。中学の頃は同じクラスになったことないから、知らないけど」

中学は弁当持参だったが、そういえば、ミノの弁当箱にジャガイモを使った料理が入っていたことがあったかというと、なかったような気もする。外食でも、ミノがポテト系統を食べているシーンは思い出せなかった。

「本当はそうじゃないっていうの、分かってます。でも、三野がジャガイモを避けてるのを見るたびに、私のせいでそうなったみたいに思えて」藤巻さんは俯いた。「……治ったのかどうか、気になってたんです。今日はあの時と同じようなメニューだったから、尚更」

だから彼女は授業中、ずっとミノを見ていた。彼女に話しかけなかったミノも、間違いなくその視線を感じていたのだ。

「三野君は授業が始まってから、君がそうやって気にしていることに気付いたんだろうね。そして調理中に、ジャガイモが平気になったように見せられる方法を思いついた」伊神さんはまた、シンクの中に視線を落とす。「このトリックは、授業中の内田君たちの行動を見てからでないと実行できないからね」

おそらくはその通りだ。実習で作る料理にジャガイモが含まれていると前から気付いていたのであれば、授業そのものを休んでいたのではないだろうか。

「……あの、馬鹿」藤巻さんは俯いたまま、掌《てのひら》でごしごしと目元をこすった。「恰好つけて。変な気の遣い方すんなっての」

「いや、なんていうか」中学からずっと一緒だったから、僕は知っている。僕は彼女に言った。

「あいつ、そういうやつなんだ」

「そうだよね」藤巻さんは目をこすりながら顔を上げ、笑顔になった。「私がわんわん泣いてたら、保健委員の子が来てさ。あの馬鹿、保健室に寝かされて最初に言ったことが、『藤巻に気にすんなって言っといて』だったんだって。自分は倒れてるのにさあ、まず気にしたのが、私のことなんて……」

また涙が出てきたらしく、藤巻さんは乱暴に目元をこすった。「ああもう」

それからさっと身を翻《ひるがえ》し、大股で廊下に向かった。入口のところで僕たちを振り返る。

「三野って今、演劇部で視聴覚室にいるよね？　ごめん、ちょっと文句言ってくるわ」

藤巻さんは目元をこすりながら歩き出すと、調理実習室の入口にふわりと風を巻き起こして出ていってしまった。

僕の隣で秋野が微笑む。「三野くんって、いい人だね」

少し返答に困った。男は、好きな人に「いい人」と言われてもそんなに喜ばないのである。

「うん」というわけで、頷きながらもさりげなく訂正する。「いい男だよ」

横目で秋野を観察したが、はたして彼女はどう思っているのか、横顔からは窺い知れない。

「さて、僕も帰るよ」

伊神さんはバッグを肩にかけ、さっさと歩き出した。

僕はその背中に急いで言った。「ありがとうございます」

伊神さんは「ミノがジャガイモを平気になったわけではないと、藤巻さんが勘付いていそうか」をちゃんと確認していた。なんだかんだ言って、周りの人のことはちゃんと考えてくれているのである。

「いや、受験で頭が疲れてたからちょうどよかったよ。大学の入試問題って記憶力だけでできるようなのばかりで、つまらないんだよね」伊神さんは振り返り、うんざりという顔になって文句を言い始めた。「出題者が設定した解答を言い当てるだけの問題が延々続いて、馬鹿馬鹿しいったらなかったよ。だいたい制限時間内に忍耐強くマニュアルをこなせるかどうかのテストで、研究者としての資質をどうやって量るつもりなんだろうね。あれでも他の大学よりはましだそうだけど、そもそも……」

伊神さんは受験制度に対する文句をひとくさり言い、言いたいことを言ってしまうと、じゃ、と言ってさっさと歩き出した。

それから入口のところで立ち止まり、振り返った。「ああ葉山君、その野菜ちゃんと食べといてね」

「えっ」僕はシンクを見た。ボウルには四種類の野菜が切った状態のまま残っている。「あの、食べて、って言ってもどうやって？　伊神さん、他、何か食材ありませんか」

僕の質問もむなしく、伊神さんの姿はもう廊下に消えている。……ちょっと待ってくれ。この四種類でできる料理とは何だ。他の食材はないのだろうか。そもそも調味料はあるのか。

隣の秋野はこの問題に関しては全く考える様子を見せず、ただ僕を見ている。

「まいったなあ。これだけじゃ。どうしよう」

僕は頭を掻《か》いた。二月だというのに汗が出てきた。

ちなみに、受験制度にさんざん文句を言っていた伊神さんは、めでたく志望校に合格した。伊神さんの得点はトップというわけではなく、合格者の中では平均より少し上、という程度だったらしいのだが、いくつかの教科でかなり早くに途中退室する姿が目撃されており、「面倒なので合格点分の問題だけ解いて、あとの問題は白紙のままで答案を出していたらしい」という噂がまことしやかに流れている。真相は不明である。

頭上の惨劇にご注意ください

誰に頼まれたわけでもなかろうが、太陽は真っ赤になりながらも斜め上方でまだ沈まずに踏ん張っている。暦の上では梅雨《つゆ》真っ盛りのはずなのだが、昨日今日と夕焼けが続いている。水不足の心配はあるものの、夕日を浴びて黄金色に染まる校舎はやはり美しいし、別館前の花壇で長く影を伸ばす花々も活き活きと輝いてなかなかに可憐だ。四月の部活動紹介で部員総数一名という窮状《きゅうじょう》を訴えていた園芸部が必死に存在をアピールしている結果なのか、見たところこの花壇も本館前の植え込みもいつも綺麗に花が咲いている。サルビアとマリーゴールドくらいしか識別できず「花々」で済ませてしまうのが申し訳ないくらいである。

別にその花々を愛《め》でにやってくるわけでもないだろうが、別館前のこの花壇には時折黒猫がやってきて昼寝なり毛繕《けづくろ》いなりをしていることがある。丸くなって目を閉じている時ですら一定距離まで近づくとさっと身構えるつれない猫なのだが、この時は一緒にいた柳瀬《やなせ》さんが、どんなに猫撫で声を駆使して呼んでも一向に警戒を解く様子のないこの猫となんとかじゃれてやろうとして追い回していた。僕はその後について別館前をここまで移動してきたのであり、つまり僕にしろ柳瀬さんにしろ、この場所にいたのは全くの偶然であった。二人とも普段は別館前の花壇に用はないし、こんなところに入ったりもしない。

　ちちちと口を鳴らし、適当にそのあたりから抜いた草を揺らして誘いながら中腰で黒猫を追いかける柳瀬さん。僕はそのすぐ後ろにいた。

　僕の背後で何かが割れる音がした。何だろうと思って振り返ると、僕の視界にふっと茶色いものが出現し、三、四メートル前で炸裂した。炸裂した物の大きさと重量の割に軽い破壊音が響き、破片が飛び散る。慌てて飛び退《の》こうとした僕は自分のズボンの裾《すそ》に足を引っかけてバランスを崩した。転ぶ転ぶこれは転ぶ、とどうしようもなく慌てていたら、柳瀬さんが背中を支えてくれた。「大丈夫？　当たってない？」

「はい」

　答えてからようやく、別館から何かが落ちてきたのだ、と理解した。

　振り返ってみると、一番早く状況を理解していて然《しか》るべき僕の反応が一番鈍かったのだ。この時すでに、柳瀬さんは落ちた物と僕の立ち位置を見比べて僕に当たってはいないと確かめた上、別館を見上げていたし、黒猫にいたってはとっくにその場を離れ、花壇のむこうの木陰で身構えて次の攻撃に備えていた。

　彼女の視線の先を追って別館を仰《あお》ぎ見る。そういえば落ちてきた直後、窓の閉まる音が聞こえた。人影を探してか、柳瀬さんは別館の窓を一つ一つ見ているが、別館の方はだんまりを決め込んで応える様子がない。

　周囲に視線を戻す。落ちてきたのは二個の植木鉢だった。半分砕けているが、直径三十センチはある。ピンク色の可愛らしい花が植わっており、鉢自体も模様のついた凝《こ》ったものである。

「こらあ！」柳瀬さんが別館に向かって怒鳴った。「気をつけろ！　危ないでしょ！」

わりと離れた場所に落ちてはいるが、もし当たっていれば頭が割れていた。そう思うと、確かに怒って然るべきだ。しかし別館の窓は閉じられたままで、柳瀬さんの怒声にも反応はない。

柳瀬さんは舌打ちすると、鞄を探って携帯を出した。何をするのかと思ったら、落ちてきた鉢をカメラで撮っている。

それが済むと、彼女はすぐ電話をかけた。「もしもし三野《みの》、まだ視聴覚室にいる？」

電話の相手は僕の友人で演劇部員のミノこと三野小次郎《こじろう》であるらしい。耳を澄ますと、はい、何すか、というミノののんびりした声が聞こえてきた。

柳瀬さんは「行こう」と言って僕を引っぱりつつ、電話機に向かって早口で喋る。「視聴覚室、他には誰かいる？　一人？　じゃあすぐ玄関に下りて。すぐ！　ん、出なくていい。出てくるやつ見張って。誰か逃げてくるはずだから」

「あの」

「落としたやつ捜すよ」柳瀬さんは僕を引っぱって歩きながら短く答え、それからもう一度別館を振り仰いで怒鳴った。「ごめんなさいぐらい言え！」

県総合文化祭演劇部門個人賞受賞俳優である柳瀬さんの声量は並ではない。柳瀬さんの怒鳴り声は衝撃波となって周囲の大気を震わせ、隣にいた僕が思わず首をすぼめるほどだった。しかしそれでも、別館からは反応がない。

「……ったくもう。行こ！」柳瀬さんは大きな声で言って僕を引っぱる。怒り心頭、という声《こわ》色《いろ》の割に、彼女の表情は妙に落ち着いている。

「あのう、柳瀬さん」

「落としたやつは不注意で落としただけ」柳瀬さんは僕を引っぱってどんどん先に行く。「……だと私たちは思ってる。だからすぐ帰るの。すぐ帰るふりをして落としたやつを油断させて、玄関から出てくるそいつをとっ捕まえようなんて考えたりはしてないの」

通話中のままの電話機からミノの声がした。――いま玄関すけど、逃げてくるやつ見たらどうすればいいんすか？　つうか何があったんすか？

「誰かに植木鉢落とされた。私か葉山《はやま》くんか分からないけど、狙われたっぽい。怪しいやつ来たらとにかく引き止めといて」

電話口から「了解。電話このままで」という声。柳瀬さんが演劇部員を使うのはいつものことだが、藪《やぶ》から棒にこんな指示を出されて平然と了解するミノも普通じゃないと思う。

「柳瀬さん、狙われた、って」

「わざと落としたに決まってるでしょ」柳瀬さんは冷たい声で断言した。「偶然にしちゃタイミング良すぎだって。だいたいあんな鉢、どうやってうっかり落とすの？」

「……言われてみれば」

わざと落とした、という言葉が耳に残り、僕の背中を冷たく撫でる。落ちて砕けた植木鉢を振り返り、それから別館を振り返った。どちらも不気味に沈黙している。

……狙われた？　僕だろうか。それとも柳瀬さんが？

柳瀬さんは本館の陰まで僕を引っぱっていき、身を隠すように命じた。それから通話中のままの電話機に囁《ささや》く。「三野、玄関は今から私たちが見張るから、建物の中捜索して。それと、植木鉢とか置いてあるのってどこだっけ？　今画像送るから、これ置いてあるとこ探して」

——了解っす。でも植木鉢なんか置いてあるとこあったかな？

柳瀬さんは本館の陰から身を乗り出して別館の玄関を監視している。「出てきたらとっ捕まえるから、手伝ってね」

「あの、でも……犯人かどうかはどうやって確かめるんですか？」

「どうせ今の時間、残ってる人自体ほとんどいないもん。片っ端からとっ捕まえちゃおうよ」

柳瀬さんはよほど腹に据《す》えかねているらしく、乱暴なことを言った。「多少、血腥《なまぐさ》いのは我慢してね」

鋭い目つきのままあっさりと言うので、本気だか冗談だか分からず怖い。この人を敵に回してはいかんな、と考えつつとにかく身を乗り出して別館を見る。

別館の中は暗く、玄関ドアのガラス越しでは見えない。ここから見る限りでは、明かりがついている部屋はもうないようだ。腕時計を見ると午後六時半を過ぎていた。完全下校時刻が六時なので本当はもう残っていてはいけない時間なのだが、文化系クラブの人間がまだ粘っている可能性はある。

そのまましばらく待っていると、玄関が開いた。何者かと思って身構えたが、出てきたのはミノである。

　ミノは僕たちを見つけて駆け寄ってきた。「斉藤《さいとう》先生に見つかって追い出されました」

「そう。御苦労様」柳瀬さんは腰に手を当てて溜め息をつく。「誰か残ってた？」

「いやあ、たぶんもう誰も残ってないっすね。靴もなかったし」ミノはそれを確かめるように別館の玄関を振り返る。

「ちっ、素早い」柳瀬さんは舌打ちする。確かに窓か非常口からすぐ逃げれば、ミノや僕たちの目には留まらないだろう。そうだとすると犯人の行動はかなり素早い。

「確かに、わざと落としたみたいっすよ」ミノが頭を掻《か》きながら報告した。「植木鉢は四階の端の部屋にありました。あそこはたしかボランティア部とＥＳＳ[1]の部室っすね。ただ……」

　ミノの話によると、植木鉢は窓際に並んでいたらしい。しかし窓枠に載せていたりするわけではなく、窓際に置いてある長机の上に並んでいたとのこと。長机は窓より低いので、押したり倒したりしたとしても窓から落ちるのは考えられないという。

　だとすると、やはり意図的に落とされたようだ。僕たちは偶然通りかかっただけだが、外はまだ日が差していたから、顔ははっきり識別できただろう。柳瀬さんと僕のどちらを狙ったのかは分からないが、犯人はどちらかを狙ったらしい。どちらを狙ったのだろう？

　その答えは翌日すぐに出た。

　朝、下駄箱を開けると中に封筒が入っていた。普通なら何か色っぽいものを想像してどきどきしたりするのかもしれないが、今の僕はさすがにそこまでお気楽になれる状況ではなく、まず感じたのは不審と警戒だった。まあ、自分の下駄箱に誰かが勝手に何かを入れている、というのは、冷静に考えればもともとあまりありがたくないシチュエーションである。

封筒を見つけた僕は朝の昇降口の喧騒《けんそう》から遊離して、下駄箱を開けた体勢のまましばらく静止していた。

入っていたのは横書き用の封筒だった。真っ白な無地で、宛名らしきものは全くない。出してみると奇妙に膨《ふく》らんでいた。嫌な予感がし、僕はすぐには開けられずに封筒を睨《にら》んでいた。封筒は、動かすとじゃらりと鳴った。

もちろん、開けないで済ますわけにはいかない。

封を破り、そっと傾けてみると、ざあああ、と音をたてながら長さ十センチ程の大きな釘が流れ出てきた。こぼれそうになる釘を掌《てのひら》になんとか収める。新品の釘だ。急いで買ってきて、すぐに用意した、という感じの。

すぐ横に人の気配を感じ、急いで釘を封筒に戻す。おーす、と声をかけてきた友人に中途半端に応え、封筒の口を閉めて鞄に入れる。友人はちらりと僕の手元を見たが、そのまま行ってしまった。

周囲を見回す。昇降口が混みあう時間帯であり、あまり突っ立っていると邪魔になりそうだ。

（1）「英会話部」といったところ。この学校では English Speaking Society の略だが、他の呼び方をする学校もある。

もちろん、この場に犯人が残っていることはないだろうし、もし残っていたとしても僕には見分けるすべがない。

犯人は、僕の下駄箱の位置をどうして知っていたのだろう？

一瞬そう考えた僕は、自分の足元を見て溜め息をついた。僕は別館に最後まで残っていることが多いので、別館にいる文化系クラブの人には「いつもいる人」としてわりによく記憶されているようで、その意味では誰に顔を知られていてもおかしくないのだ。それに年度初めの部活動紹介では、美術部部長として自己紹介もした。覚えられているかどうかはともかく、名前とクラスを全校生徒の前で喋ったのだ。下駄箱には出席番号しか書いていないが、クラスが分かれば僕の上履きを捜すことは可能である。何しろ僕の上履きのかかとには、綺麗に名前が書いてあるのだ。


帰りのホームルームが終わって教室ががたがたと賑《にぎ》やかになる。これから部活なのだが、美術室のある別館に行くのはなんとなく気が進まない。まさか別館の下を通るたびに何か落とされたりはすまいが、別館に行けば犯人と顔を合わせるかもしれない。しかもその場合、僕の方だけがそのことに気付かずに通り過ぎるという状況になる。そう考えると憂鬱で、僕はさっさと席を立つ級友たちを眺めながら、しばらく動けずに座っていた。

一旦そういう状態になってしまうと周りに注意をはらうのも億劫になる。どこを見るでもなくぼんやりとしたまま、傍《かたわ》らに女子が来てなぜかそのまま立っているのをなんとなく認識してもそちらを見もしなかった僕は、いきなり肩をばん、と叩かれてかなり驚いた。

傍らに来た女子は柳瀬さんだった。「もしもーし。大丈夫？　生理？」

「いえ」男にそういうことを訊くものだろうか。

「あれから何かあった？　トラックがつっこんできたとか、車の下に爆弾仕掛けられてたとか」

「そこまではありません」映画じゃあるまいし。僕は座ったまま鞄を探り、封筒を出した。

「ただ今朝、これが下駄箱に入ってました」

気をつけて、と僕が言う前に柳瀬さんはもう封筒を逆さにしている。釘が十数本、じゃらじゃらとこぼれ出て彼女の掌に積み上がった。「ベタだね。あ、でも剃刀《かみそり》とかの方がベタか」

楽しんでいるような口ぶりの割に、彼女の表情は厳しかった。「……葉山くんを狙ってたのか」

「そのようです」

「私が狙われたんだと思ったんだけどなあ」柳瀬さんは欧米人のように両手を上に向けるジェスチャーをした。「私はてっきり、何かの間違いできみを好きになったけど勇気が出なくて通学路で待ち伏せしたり教室が無人の時にこっそりきみの席に座ってみたりきみん家《ち》の天井裏に忍び込んだりするだけだった子が半年くらいかかってようやく勇気を出して告白したのにきみが『僕は柳瀬さんに身も心も捧げているので他の人には一切興味ありません』なんてふり方をするから、私を妬《ねた》んで亡きものにしようと企んだんだとばかり」

「よく一息で言えますね」台詞《せりふ》の内容にもいろいろとつっこむべき点があったはずなのだが、

そのあたりは適当に受け流すことにする。「最近何か恨まれそうなことをしていないか、今朝から考えてるんですが、ぜんぜん思い当たることがないんです」

加害者というものは自分が加害者になっていることに無自覚なもの。それは分かっているが、全く心当たりがないというのは気持ちが悪い。はたして僕は、どこで誰に恨みを買っていたのだろう。


「原因、けっこう些細なことかもよ？　犯人が買いたかった焼きそばパンの最後の一つを取ったとか、電車で隣に座った犯人がイライラするくらい漫画のページめくるのが遅かったとか」

「それはまた、随分と些細ですね」そんなことで狙われてたまるものか。「いくらなんでも、もう少しちゃんとした理由があるんじゃ」

「でも、心当たりないんでしょ？」

「……はい」

「じゃあ悩んでも無駄だって」柳瀬さんはあっさりと言う。つまり、気にするなと言ってくれているのである。「犯人捜して、動機は本人に訊いてみようよ」

「……そうですね。でも、どうやって捜すか」

「ま、一応手は打っておいたんだけどね」柳瀬さんは教室の入口を振り返った。「あ、来た」

見ると、さっさと部活に行ったはずのミノが戻ってきていた。「うーす。部長、視聴覚室じゃなかったんすか」

「どうだって？」

「いやあ、ボランティア部はたぶんシロっすよ。部長の若菜《わかな》先輩に確認したんすけど、昨日は全員で病院訪問に行ってたそうです。後で他の部員捉まえて裏取りますけど、病院の玄関で解散したのが六時十分頃。犯行時までに学校に戻るのは無理っすね」

「それ、ちゃんと全員って確認したの？」

「したそうっすよ。何しろ初回の申込みから一年の引率まで毎回、全部若菜先輩がやってるそうっすから。全部把握してるんだそうで」

「あのう、ミノ」

僕の視線に気付いたミノは、こちらを見てにやりと笑う。「部長に言われて昼、聞き込みしてたんだよ。もともと容疑者は限られてるしな」

そういえばミノは昼休みが始まると、かなりの高速で弁当を平らげてどこかに行っていた。

「……そんなことしてたのか」

「お前と部長があそこ通ったのはたまたまなんだろ？　だったら、犯人はあの部屋使ってるやつじゃなきゃおかしいだろ」

「……なるほど」そう言われてみれば、思ったより容疑者は絞れるのかもしれない。

ミノは柳瀬さんに視線を戻して報告する。「あと若菜先輩いわく、最近はあの部屋、園芸部も出入りしてるそうです。植木鉢は園芸部のものらしいっすよ」

御苦労、といった調子で柳瀬さんが頷く。「ＥＳＳと園芸部に話、聞かないとね。別館行こう」

柳瀬さんに促されて、僕も急いで立ち上がる。この人たちの行動の速いことといったら、ぼけっとしている隙に簡単に置き去りにされてしまう。頼もしいことこの上ない。

問題の部屋は別館四階の隅。階段を上ると、ちょうど女子が一人、戸を開けて入っていくのが見えた。柳瀬さんが「よし突撃」と言って早足になる。

この部屋は東側をボランティア部が、西側をＥＳＳが使っている。一つの部屋ではあるが、真ん中にロッカーと本棚をいくつか並べて、一応はそれで半分ずつ区切ったことにしているらしい。西側の窓際には長机が二つ置かれており、その上には大小の鉢植えが十数個、園芸店の店頭のように並べられていた。

柳瀬さんはそれを確認すると、西側の戸をノックしながら開けて本当に突撃した。「ういーす」

柳瀬さんの肩越しに部屋を見ると、さっき部室に入っていった女子が中腰の姿勢のまま首だけこちらに向けていた。中にいた子は部室に入って鉢植えに手を伸ばしたところを突撃されたらしく、驚いた顔のままこちらを見て動かない。リボンの色からして一年生のようだ。

「こんちは。それ園芸部のだよね？　あなた園芸部の人？」柳瀬さんはずかずかと入っていく。

普段は訪問者などいないのだろう。声をかけられた子はしばらく動かなかったが、柳瀬さんが言葉を続けず黙って見ているので、自分は質問されているようだと気付いたらしい。なぜか申し訳なさそうに小声で答えた。「……はい、そうです」

相手の子は動揺している様子だが、柳瀬さんは構わずに質問した。「名前何ていうの？　他の部員は？　部長に会いたいんだけど、今日、来る？」

「柳瀬さんちょっと、ストップです」

すでにたて続けに質問しているのに「ちょっと質問していい？」と今更訊く柳瀬さんを押しとどめる。世の中には見知らぬ人に話しかけられたというだけで硬くなってしまう人もいるのだが、柳瀬さんはそのあたりをあまり気にしない。

「いきなりすいません。園芸部の人ですよね？」

僕が前に出ると、彼女はこちらを見てからようやく頷いた。

「えーと、初めまして。美術部の葉山です。この人は演劇部の柳瀬で、こっちが三野」

意図的にゆっくりと自己紹介したのがよかったのか、園芸部員の彼女は僕を見て、小さく頭を下げた。「……岩泉《いわいずみ》です」

大人しそうな子である。どう切りだしたものかと僕は少し悩んだが、柳瀬さんはお構いなしに言った。「ちょっと訊きたいことがあってさあ。この鉢なんだけど」

携帯を渡された岩泉さんは恐々《こわごわ》といった様子で画面を見て遠慮がちに頷いたが、すぐに眉をひそめて僕を窺《うかが》った。「あの……これ、園芸部《ウチ》の……」

それから窓際の長机を振り返る。見ると、机の上に土がばらばらと落ちていた。岩泉さんは携帯と長机の上の鉢を何度か見比べて、何か不穏なものを感じた様子でまばたきをした。

柳瀬さんは携帯を指さす。「これゼラニウムでしょ？　ここにあったやつ？」

「あ、はい。……ペラルゴニウムです」岩泉さんは不安げな表情になり、訴えかけるような目で柳瀬さんを見た。「あの、これって」

「昨日、誰かが落としちゃったみたいなんだけど……」

柳瀬さんは昨日のことを淀《よど》みなく説明したが、わざわざそこまで言う必要はないと判断したらしく、狙って落とされたらしい、とは言わなかった。説明を聞いた岩泉さんは、柳瀬さんが喋り終えるとぱっと身を翻《ひるがえ》して窓の下を見た。

鉢は今朝もう片付けられていたから、もちろん何もない。それでも熱心に下を見ている岩泉さんの背中に、柳瀬さんが質問を続ける。「昨日、帰る時はどうなってた？」

「帰る時は、普通に……」振り返って途中まで答えた岩泉さんは、柳瀬さんの視線が怖いのか、なぜか隣の僕に訊き返した。「あの、それって……昨日ですか？　いつごろですか？」

「六時半過ぎだと思います」

「六時半……」岩泉さんは柳瀬さんの携帯を持ったまま、目を伏せた。「今日、来てみたら鉢が足りなくて……どうしたのかな、って」

「昨日は全部あったんですね？」

「ありました。ペラルゴニウム、せっかく元気になったのに……」岩泉さんはペットの訃報を聞かされたように、悲しげに溜め息をついた。確かに育てていた人間からすれば、動物でも植物でもたいして変わらないかもしれない。「……先輩のなのに」

岩泉さんが萎《しぼ》んだように俯《うつむ》いてしまったので、どうにも声がかけにくい。

「あー、その」ミノが頭を掻きながら遠慮がちに訊いた。「その、先輩っちゅうのはあの、部活動紹介で喋ってた門馬《もんま》先輩っすか？」

「はい。……その人です」

「鉢は門馬君が持ってきたの？　なんで持ってきたの？」今度は柳瀬さんが訊く。

「……はい。あの、先週」三人がかりで質問されて尋問されているような気になってきたのか、岩泉さんは微妙に立ち位置を後ろに下げつつ、しかし健気《けなげ》に答える。「先週、先輩が鉢と一緒に……知り合いにもらってきたそうです。文化祭で、他の部の展示室に置かせてもらって……うちの宣伝をしよう、って」

「他の部の展示室か。なるほどね」柳瀬さんは腕を組んで頷く。「演劇部《ウチ》も何かやろうか。三野、あんたピンの一発芸」

「嫌っすからねそういうの」ミノは大急ぎで柳瀬さんを牽制《けんせい》し、岩泉さんに焦点を戻そうと質問した。「園芸部って部室ありますよね？　なんでこの部屋に鉢置いてあるんすか？」

「……置かせてもらってるんです。園芸部の部室は日当たりが悪いから、って」別に悪いことをしているわけではないはずだが、岩泉さんはなぜか申し訳なさそうに言う。「先輩が……ここにある花は、日光が当たった方がいいから、って。……それに、この部屋は風通しがいいから、湿気を嫌うペラルゴニウムとゼラニウムにはいい、って」

「ああ、なるほど。……さすが園芸部」

「……先輩、詳しいんです」岩泉さんはようやく少しリラックスしたのか、自分が褒められたかのように微笑んだ。

「ええと、じゃあ、ずっとここに置いてたんすか？　園芸部って、鍵はどうしてんすか？」

「そうそう。昨日はどうしてたの？」

ミノと柳瀬さんから続けて質問された岩泉さんはさすがに対応できないらしく、しどろもどろに「あの」とか「ええと」と言うだけであったが、僕たちの背後で戸が開く音がすると、安心したように表情を緩《ゆる》めた。「先輩」

戸を開けて入ってきたのは背の高い男子だった。植物性のさらりとした印象を与える人だが、眼鏡越しにきらめく眼光は鋭い。部活動紹介で喋っていた、園芸部部長の門馬先輩である。

「岩泉、鉢なんだけどなんか、下に……」言いかけた門馬先輩は僕たち三人を見て立ち止まった。「……ええと、入部希望？」

すいません違いますと僕が言うより早く、柳瀬さんが質問を返した。「門馬君だよね？　ちょっと訊きたいんだけど、ここの鍵って昨日、どうして帰った？」

「鍵？」質問に質問を返され、門馬先輩は若干のけぞり気味になる。「いや、ウチは場所借りてるだけだから、鍵は持ってないけど。……っていうかその前に、これ、どういう状況？」

柳瀬さんが昨日のことを省略しながら話した。岩泉さんに黙っていた手前、とりあえず門馬先輩に対しても、鉢が狙って落とされた、ということは伏せておくつもりのようだ。

門馬先輩は「そういうことか」とだけ言って肩を落とし、溜め息をついた。「なんか今日来たら鉢が足りなくて、変に土がこぼれてるから何かと思ったんだよ。鳥か何かがやったのかと思ったんだけど、昨日は岩泉がちゃんと窓、閉めて帰ってたし」

「窓は閉めてたか……」柳瀬さんはミノと視線を交わして頷きあい、質問を続ける。「じゃあ昨日、入口の鍵はどうしてた？」

「昨日って言われても、ウチはちょっと……岩泉は五時過ぎに帰ったし、俺も六時前に帰ったから。ボランティア部かＥＳＳの人が残ってたはずだけど？」

「鍵はかけないで帰ったの？」

「ＥＳＳの人が六時頃に戻るとか言ってたけど、ここの鍵、南京錠だろ？　かけるだけならできるから、一応かけて帰ったよ。戸締りについては若菜さんから言われてるし」

「鍵もかけて帰ったのか……」柳瀬さんは頰を膨らませる。

この部屋の事情はミノからすでに聞いている。我が市立《いちりつ》高校の校舎には、長い間放置されたため「固まってしまった」戸がいくつか存在する。具体的にはもともとの建て付けの悪さに加え、錆《さび》や歪《ゆが》みといった経年変化により鍵がかからなくなってしまったり、かかったまま開かなくなってしまったりした戸のことなのだが、ボランティア部が引っ越してきたころには、この部屋の東側の戸はすでにそういう状態だったらしい。力づくでなんとかしようとした生徒もいて、無理矢理鍵を差し込んで回そうとしたらしいが、力づくすぎて鍵の方を曲げてしまい、教師に怒られたのだという。東側の戸が開かないのでは仕方がないので、ボランティア部とＥＳＳは部屋をきちんと区切ることを諦《あきら》め、ボランティア部は仕切りの脇を通って西側の戸から出入りすることにしたらしい。こちらの戸も鍵が経年変化でおかしくなっており、東側の戸とは反対にどんなに力を入れても鍵がかからなかったため当初は開けっ放しにしていたのだが、ボランティア部は部室にパソコンを置き、図書館の本の点訳などもしている。泥棒に入られては困るということで、若菜先輩が先月、顧問の許可を得て戸に掛け金と南京錠を取り付けたそうだ。南京錠のキーは二つあるが、一つをボランティア部が、もう一つをESSが持っているだけで、部外者である園芸部員は持っていない。門馬先輩によれば、出るのが最後になる時は南京錠をかけるのを頼まれるが、放課後にここへ来る時は誰かに開けてもらうしかないらしい。

「割れた鉢、昨日はあった？」

「うん。いつも通り、様子見てから帰ったから」門馬先輩は窓際に並んだゼラニウムを眺める。「まあ、二つだけでまだよかったけど……不注意で落とすかな？　ここから」

門馬先輩はそこまで言ってから何かに気付いた様子を見せ、こちらを向いて柳瀬さんに視線を据えた。「なあ柳瀬さん、もしかして」

「まあESSの人にも訊いてみるけどね」柳瀬さんは門馬先輩の視線を受け流した。「今日は来てないの？　ていうか今日、鍵開けたの誰？」

「さあ……ボランティア部の誰かだと思うよ。ESSはいつも来るの遅いし」門馬先輩は窓際の長机に手を置き、溜め息をつく。「……固定しといた方がいいか。誰かに当たったりしたらウチまで何か言われそうだし」

当たりそうにはなっているのだが、それは言えない。かわりに質問した。「この部屋に鉢を置くっていうのは、誰の発案ですか？」

「俺が若菜さんと、ＥＳＳの渡慶次《とけし》さんに頼んで置かせてもらったんだ。ここが一番日当たりもいいし、湿気もない」門馬先輩はかがみこんで鉢植えの葉を撫で、ついでという仕草でちょいちょいと花がらを摘んだ。「岩泉、こっちの花がら摘みやっといてくれたんだ？　ありがとう」

「いえ、それだけです」岩泉さんは門馬先輩の隣にくっついて彼を見上げる。「こっちなんですけど、これも摘んじゃっていいんですか？」

「ああ、それはもう茎《くき》ごと摘んじゃうんだ。ほら、この茎にはもうつぼみがないでしょ？」門馬先輩は言いながら軽く鉢を持ち上げてみせ、ゼラニウムをばっさり茎ごと摘んだ。慣れた人の手つきは、素人《しろうと》から見ると時折ひどく無造作に映る。僕はぎょっとしたが、岩泉さんは見慣れているのか、ただ感心した様子で門馬先輩の手元を見ていた。

いつの間にか作業を始めてしまった門馬先輩の背中にミノが訊く。「園芸部って、他の部員いないんすか？」

「俺と岩泉だけだよ。この子が入ってくれなきゃ今年で廃部だった」

言われた岩泉さんが門馬先輩を見上げてはにかむ。それを見たミノが僕に耳打ちする。「惚れてんな。ありゃ」

「どうだか」なぜか聞こえていた様子の柳瀬さんが呟《つぶや》いた。「……ま、次はＥＳＳだね。渡慶次か」

廊下に出ると、柳瀬さんとミノはちょっと話しあい、それぞれに携帯を出した。ミノが若菜先輩に、柳瀬さんが渡慶次さんにそれぞれ電話をしたのだが、その間、僕は一番の当事者だというのにただ突っ立っているだけであり、なんだか非常に居心地が悪かった。

先に電話を切ったミノが、柳瀬さんの通話が終わるのを待って報告した。「若菜先輩に確認しました。病院訪問に行く前に鍵はかけて、翌日、早く来る予定の二年生に預けたそうです。それに少なくとも東側は、窓もしっかり閉めていった、と」

「じゃ、やっぱESSか」柳瀬さんは頷き、携帯をしまう。「渡慶次、今部室に向かってるってさ。下行くよ」

「部室で待ってないんですか？」

僕が訊くと、柳瀬さんは腰に手を当て、諭《さと》すように言った。「園芸部員が犯人なら、私たちに本当のこと言うわけないでしょ。だからESSには、園芸部の話が本当かどうかも訊いて確かめなきゃ」

「……なるほど」鍵を持っていないとはいえ、園芸部員も事件関係者である。無条件で信用するわけにはいかない。「でも、ESSも嘘を言うかも」

「まあな。疑いだしたらきりがねえけど」横からミノが答える。「でも、それなら園芸部の話と食い違うだろ。そうなりゃ、どっちかに犯人がいるってはっきりするんだ。あとは他のやつらに話聞いて、嘘言ってんのが誰か絞るさ」

「門馬君が来なければ、園芸部も一人ずつ話聞けたのにね」柳瀬さんが残念そうに肩をすくめる。さっき全く遠慮しなかったのは、岩泉さん一人のうちに話を聞こうとしてのことだったらしい。

騒がしくて声が響く別館内では会話がしにくい。僕たちは玄関を出たところで待つことにして、玄関ドアの前に立った。ほどなくして柳瀬さんが、本館の昇降口から出てきた女子に手を振った。「渡慶次」

柳瀬さんの視線の先を追うと、女子が二人、喋りながらこちらに来る。柳瀬さんに「おっすー」と答えた方の人が渡慶次さんらしい。

柳瀬さんは彼女に歩み寄ると、笑顔で話しかけた。「渡慶次、そちらさんもESSの子？」

「おうよ。期待の後輩だぜ」渡慶次さんが笑顔で答える。変わった調子で喋る人だ。

「一年二組の木村《きむら》です」もう一人の人は丁寧に頭を下げた。「演劇部の柳瀬先輩ですよね」

「うん。……なんだ、知られてるね」柳瀬さんはにこやかに応じたが、ESSの部員が二人一緒に来るとは思っていなかったのか、一瞬だけ計算するような目つきになった。

しかしすぐにそれでもいいと判断したらしく、渡慶次さんに歩み寄る。「渡慶次、ちょっと訊きたいんだけど」

「おう、どんと来い」やはり変な調子で喋る人である。

「あのさあ」柳瀬さんは渡慶次さんに近づき、がしっ、と肩を組んで囁いた。「昨日さあ、園芸部の人って何時まで残ってた？」

「園芸部？」渡慶次さんもなぜか柳瀬さんの肩に手を回す。「門馬君となんかあったか？」

「暗殺されかけた」

「ほほう。そりゃまた」柳瀬さんの言動に慣れているのか、渡慶次さんはいささかの動揺も見せずに応じた。むしろ傍らで見ている木村さんの方が反応に困っている。

柳瀬さんは渡慶次さんたちに、落ちた植木鉢の画像を見せて事情を説明した。渡慶次さんは画像を見ると「あちゃー」と素直に反応した。横から覗《のぞ》き込んだ木村さんも顔をしかめる。

「もったいないですね」

渡慶次さんはそれから不意に何かに気付いた様子で、真顔になって柳瀬さんに訴えた。「……柳瀬、言っとくけどあたし、落っことしたりしてないぞ？」

「まあ、いくらあんたでもね。……それより園芸部、あんたんとこの部室にいたでしょ？　門馬君とあと何だっけ、岩泉とかいう子、何時までいた？」

「ええとね」渡慶次さんはあまり考えずに、すぐに木村さんに訊いた。「いたよね。何時頃だっけ？」

「岩泉さんの方は五時過ぎに帰ったと思います」木村さんが首を捻《ひね》りつつ答える。「門馬先輩はその後もいましたけど、私と渡慶次先輩が五時半頃に一度出て……六時過ぎに部室に戻った時はもういませんでした。六時前には帰ってたと思いますよ」

「部室の鍵は？　閉めて帰った？」

「うーむ。閉まっていたようないないような」

「閉めて帰りました。一旦出た時は門馬先輩がいたから開けてましたけど、合唱部に貸してたものを返してもらって、音楽室で喋って、六時過ぎに部室に戻ったら、もう閉まってました」

木村さんの方は質問の趣旨を察しているらしく、的確に答えてくれる。「門馬先輩が閉めて帰ったんだと思います。ボランティア部もあるし、鍵は持って出るから、もし先に帰るんなら南京錠をかけて帰ってくださいって頼んであるんです」

そこまで聞いて、おや、と思った。園芸部の話と一致している。ミノを見ると、ミノも僕を見て頷き、渡慶次さんに向かってこころもち身を乗り出した。「ちなみに園芸部の鉢、いつから部室に置いてあるんすか？」

「いつからだったっけ。遠い昔」

「いえ、一週間くらい前だと思います」木村さんが素早く訂正する。「あまり気にしてなかったので、はっきりとは覚えてませんけど……たしか門馬先輩が、ゼラニウムは日光を当てた方がいいから置かせてくれ、って」

「園芸部、部室には毎日来るんすか？」

「毎日です。そういえば、なんだかんだで二人ともけっこう長居してますね。ESS《ウチ》は二人しかいないから、人が増えるのはありがたいんですけど」

「実はさりげなく引き止めてるのさ。『なし崩し的に部員にしちゃおう作戦』」

渡慶次さんは得意げに親指を立てる。園芸部の方も同じ作戦を進めている可能性があるのだが、気付いているのだろうか。「前ちょっと花のこと訊いたらさ、門馬君、詳しいのさこれが。植物とか好きな男ってなんかいいよね」

渡慶次さんはむふふと笑う。木村さんの方は小首をかしげている。

「ちなみにあんたらは何時に来て何時までいた？　鍵かけて帰った？」柳瀬さんが早口で尋ねる。軽い調子なので横で聞いている僕はすぐには気付かなかったが、これが一番重要な質問である。

渡慶次さんはまた木村さんに振った。「何時だっけ？」

「来たのは……四時くらいだと思います。帰ったのは六時過ぎです。鍵もかけて帰りました」

木村さんはてきぱきと答える。それを聞いた渡慶次さんが、のんびりとした口調で木村さんに詫びた。「あー閉めてくれたんだ。忘れてたわ。ありがと」

「いえ」木村さんは小さな声で付け加えた。「いつものことですから」

こちらに訊いた方が早いと判断したらしく、柳瀬さんは木村さんに尋ねた。「じゃ今日、部室開けたの誰？」

「ボランティア部の方だと思います。いつも私たちの方が遅いので」木村さんは丁寧に答える。

「来た時、ＥＳＳの方の窓は？　開いてた？」

「閉まってました。鉢に鳥とかが来るといけないからって、園芸部の人が閉めて帰りますから」

「鍵は誰が持ってるの？」

「私が持っています。一つしかないので、なくなると困りますから」

木村さんはきっぱりと答えた。つまり「渡慶次さんに預けるのは不安」ということなのだが、当の渡慶次さんはにこにこしている。「いやあ、悪いねいつも」

「渡慶次、園芸部なんだけどさあ」柳瀬さんは渡慶次さんの肩に回した腕に力を込め、彼女をぐい、と引き寄せる。この二人はいつもこうやって会話しているのだろうか。「その後どっかで見なかった？　駅とかそのへんで。……ああ、園芸部以外でもいいや。帰る途中、誰かに会わなかった？」

「ええとね」自分のことなのに、渡慶次さんはすぐに木村さんに振る。「会ったよね？」

「瑞穂《みずほ》先輩が一緒でしたよ」木村さんはやや呆《あき》れ気味に言う。「正門のところで部長が見つけて。……彼氏さんと一緒だったから遠慮しようと思ったのに、部長が割って入ったから駅まで一緒に帰ったじゃないですか」

「『瑞穂』って、吹奏楽部の瑞穂だよね。何時頃まで一緒にいた？」

「私は駅に着いてすぐ……六時二十分頃に電車に乗りました。ずっとお邪魔してちゃ悪いですから」木村さんは半眼で渡慶次さんを見る。「部長はたしか、改札のところで瑞穂先輩たちと喋ってましたよね」

渡慶次さんの方は別に気にしていないらしい。「夏に北海道行くんだって。羨ましいのう」

「ふうん。お土産《みやげ》ねだっとこう」柳瀬さんは渡慶次さんから離れた。「若菜さんに訊いてみるわ。木村さんありがとね。渡慶次も」

「おうよ。何でも訊きにこい」渡慶次さんは胸を張る。この人は事件と関係ないことしか話していない気がするが、それはとりあえず措《お》いておくことにする。

柳瀬さんは本館に向かって歩き出しかけたが、すぐ立ち止まって振り返った。「渡慶次、E

SSって他に誰かいなかったっけ？」

「いないんだよねえ……」

「ALT[2]が来れば入るかもって言ってくれてる友達はいます。今はALTがいなくて、あんまり活動できないので」木村さんはなぜか弁解口調で目を伏せる。「……ていうか部長。昨日も結局、英語版の『魔女の宅急便』観てただけですね」

「台詞覚えたじゃん」

「覚えましたけど」

同じ状況でありながらなぜこうも違うのか、渡慶次さんの方はあくまで気楽だった。


ESSの二人と別れると、柳瀬さんはすぐに携帯を出した。瑞穂さんに電話し、渡慶次さんたちの話の裏を取る、という。それを聞いて、いいかげん自分でも何か動かねばと思っていた僕は、渡慶次さんたちを追い越してボランティア部を訪ね、若菜先輩の話を確かめることにした。幸いなことに若菜先輩本人はまだ来ておらず、部員の人たちから聞いた話では、昨日は確かに六時十分頃解散したし、全員で病院に行ったし、窓もきちんと閉めていったという。今日、鍵を開けたのも部室にいた人たちで、部室にいた二年生の一人が、若菜先輩から鍵を預かった、との話で、つまり、これまで聞いた話とすべて一致していた。収穫ありというべきなのかなしというべきなのか、よく分からない。

別館の玄関に戻ると、柳瀬さんとミノがそれぞれに腕組みをして唸《うな》っていた。

柳瀬さんが腕を組んだまま僕に言う。「渡慶次の話、本当みたい。渡慶次と木村さん、瑞穂たちと一緒に駅まで帰ったって。駅に着いたのが二十分頃、渡慶次とはその後、駅で喋ってたから、別れたのが六時半頃だってさ。そっちは？」

僕が報告すると、二人はひときわ大きく唸った。

柳瀬さんはふむう、と呻《うめ》いて唇を引き結ぶ。「……なんか、みんなの言うことが全然食い違わないんだけど。どういうこと？」

「とりあえず、まとめてみますか」ミノも壁にもたれて腕を組んだ。「園芸部の岩泉さんは五時過ぎに、門馬さんも六時過ぎまでには鍵をかけて帰ったらしい。この時点で園芸部は部室に入れなくなるよな。その後にＥＳＳの渡慶次さんと木村さんが戻ってきて、また鍵をかけて帰る。ボランティア部は全員六時十分頃まで病院訪問だから、若菜先輩から鍵を預かった人が急いで戻ったとしても、六時半に学校に戻るのは無理。で、ＥＳＳの二人は六時二十分頃まで瑞穂先輩と一緒にいた。渡慶次先輩は六時半まで駅にいたんじゃ犯行時刻までに学校に戻るのは無理。木村さんはダッシュで戻りゃ間に合うけど、それじゃ絶対瑞穂先輩たちに見られるから事実上無理」

ミノがまとめてくれたので、ようやく僕にも事態が分かった。「ちょっと待った、それじゃ」

「ああ」ミノは腕を組んだまま僕に視線をやる。「関係者全員アリバイ成立だぜ。犯行可能な人間がいなくなっちまった」

（２）外国語指導助手。英語の授業をサポートする、ネイティブ・スピーカーの先生。例外なくフレンドリー。

「他に誰かいないの?」柳瀬さんは口を尖らせる。「ボランティア部の幽霊部員とか。『幽霊部員は一人見たら三十人いると思え』って言うし」

「一人も見てねえんだから、ゼロのままっすよ」

「じゃ、たまたま関係者以外があそこに忍び込んだとか」

「どうやってですか? 窓、閉まってたし、他に出入口なんてねえすよ」

「……そうなんだよねえ」柳瀬さんも首を捻る。「だいたい、私たちがあそこ通るのだって予想できるわけないし」

昨日は柳瀬さんが猫を追いかけたから別館の花壇の前を通っただけである。たまたま関係者以外が忍び込んでいた時にたまたま僕たちが通った、というのは、あまりにできすぎている。

「誰かが嘘をついたって可能性はあるかな?」

「園芸部の話をESSが、ESSの話を瑞穂先輩たちが裏付けてるんすよね」

「みんなで一緒に嘘をついたとか」

「それ言いだしたらきりがないすよ。だいたい、それだったらもっと楽な嘘つけるじゃないすか。鍵は閉め忘れて帰ったとか、六時過ぎに怪しいやつがいたとか」

そんなに多くの人が共謀するほど嫌われ者なのか僕は。「人に手伝ってもらうような事件じゃない気がするけど」

「俺もそう思う」壁面を後頭部でこつりと叩いてミノがぼやく。「でもそれだと犯人がいねえんだよなあ。不可能犯罪になっちまうぜ」

ミノは酸欠の魚のように口を開けて上を向いた。柳瀬さんも口をへの字に結んで空を見る。僕も真似をして見上げた。上空では風が出てきたようで、流れてきた雲が太陽を隠した。

五分考えて分からない時は五時間粘っても堂々巡りになるだけだ。なんとなく全員がそのように考えたのか、僕たちはわりとあっさりと解散してそれぞれの部活動に戻ったのだが、柳瀬さんもミノも不満顔であり、あれでは稽古《けいこ》に集中できないだろうと思った。僕にしてもそれは同じで、加えて今の時期の別館は、秋の文化祭に向けて吹奏楽部合唱部邦楽部軽音楽部が夕刻のヒグラシのごとく一斉に鳴きだすため非常に騒がしいのである。僕はあまりに集中できないのでデッサンの練習を続けるのを諦め、早めに帰ることにした。

帰宅部の人はとっくに帰っており、部活動をする人はまだ動いているので自転車置き場にはひと気がない。僕は自分の自転車を引っぱり出しながら知らず知らずのうちに事件のことを考えて動作がのろくなっている自分を発見し、ちょっと頭を掻いた。あまり気をとられていると日常生活に支障が生ずる。

一人で苦笑しながら自転車にまたがったところで、違和感を覚えた。

ブレーキがきかない。

両方のブレーキを何度か握り直してみる。右のブレーキにはいつも通りの手ごたえがあり、きちんと前輪を圧迫しているようだ。しかし左ブレーキは腑抜けたようにスカスカで、握っても何の抵抗もない。

朝、来る時はこんなふうではなかった。誰かがペンチか何かで、ブレーキワイヤーの張りを緩めたのだ。

ぞっとして、思わず奥歯を噛みしめた。そしてその瞬間、頭上に何かの物音を聞いた。どんな音だったかすらはっきりと言葉にできないようなかすかな音だったが、確かに耳に入ってきた。反射的に振り返り、別館の屋上を見上げる。柵の陰でよく見えなかったが、何かが動いて建物の陰に消えた。

今、見られていた。

そう直感し、僕は自転車を置いて走り出した。別館の玄関に飛び込み、土足で上がりかけて躊躇《ため》らい、結局スリッパを出してつっかける。階段を上りながら、遅すぎる、と思った。屋上の人間が僕に見られたことに気付いていたとしたら、とっくに逃げてしまっているだろう。

それでもとにかく、歩きにくいスリッパを爪先で操りながら階段を上った。四階からさらに上ると、空気が生暖かく埃《ほこり》っぽいものに変わった。屋上に出るドアは閉まっていたが、ノブはすんなりと回った。ドアを押し開けると、かすかな埃の臭いとともに外の空気が流れ込んでくる。

犯人が屋上にいた場合、ドアはそっと開けないと気付かれる。そう思ったが、ノブを回す段階ですでに物音はたててしまっている。構わずにドアを開け放し、屋上に踏み出した。コンクリートの地面にたまった砂埃の、ざらざらした感触がスリッパ越しに足の裏に伝わる。

駆け出して周囲を見回すが、誰もいなかった。やはり遅すぎたようだ。

あれは犯人だろうか。だとしたら、どんな姿だったか？　考えてみたが駄目だった。逆光だったし、何かが動いた、ということが分かっただけで、相手の姿形どころかあれが人間だったかどうかすら僕には見えていないのだ。見られている、と感じたのもただの直感に過ぎない。相手の背恰好だけでも分かったら、少しは犯人が絞れたのだが。

自転車の細工にしたって、誰にでもできることだった。同じような自転車が多くて迷うから

と、僕は以前、御丁寧にも後輪のカバーに名前を書いていたのである。

犯人は絞れない。次に何かされたら、今度は無事では済まないかもしれない。

溜め息をついたところで電話が鳴った。

かけてきたのは伊神《いがみ》さんだった。「まだ学校にいる？　いるなら、別館前の花壇に来てごらん」

「伊神さん」いきなりこういう電話をかけてくるということは、まさか——そう考えると、にわかに期待が膨らむ。「まさか、それって」

「何がまさかなのか知らないけど」伊神さんは簡単に言った。「ゼラニウム弾落とした犯人を知りたかったら、すぐ来るようにね」

別館前の花壇——つまり第一の現場に行くと、伊神さんのほかにミノと柳瀬さんもいた。伊神さんは学校侵入時に着るいつものスーツ姿である。何度も見ているのですでに違和感はない。

伊神さんを呼んだのは柳瀬さんらしい。このまま事件が続くと僕に何か危険が及ぶかもしれ

ないから、早期解決を狙ってそうしてくれたのだろう。もっとも伊神さんはこういう事件が起こると嬉々《きき》としてどこにでも出現するし、事件が起こったことを黙っていると拗《す》ねる人だから、危険の有無にかかわらず呼ぶべきではあるのだが。

　僕がさっきのブレーキの話をすると、ミノと柳瀬さんは眉をひそめたが、伊神さんは興味深げに話を聞いて満足そうに頷いただけだった。ということはもう、事件の真相をだいたい摑んでいるようだ。

　ミノはあの後も事件について考えていたらしく、伊神さんに、ああでもないしこうでもないし、と行き詰まった現況を説明した。伊神さんはミノの話を頷きながら聞いていたが、ミノが話し終わると怪訝《けげん》な顔をして言った。「それだけいろいろ考えたなら、どうして解けなかったの」

「お」ミノが口を半開きにして訝《いぶか》しげに目を細める。「じゃ、もう分かったんすか?」

「分かったも何も、明らかだよ」

「……共犯とかっすか」

「まさか。単独犯だよ」一方の伊神さんは、呆れたように肩をすくめる。「普通に考えれば、犯人は一人しかありえないと思うんだけど」

「ええ?」ミノは口を開けたまま動きを止める。

　そのミノを見た瞬間、僕の脳裏にふと、暗いものが走った。一つ、思いついたことがある。

「……あの、一つ気になったことがあるんですが」

伊神さんは興味深げに僕を見て、目で促す。

「手紙のことなんです」僕は自分の脳内を覗き、一言ずつ、確かめながら言った。「最初の事件があったのは昨日の放課後。なのに手紙は今日の朝、もう入れられていたんです。これは、ちょっと」

伊神さんが、何か面白いものを見つけた顔になる。「……早すぎる、と？」

「はい」あまり言いたくはなかったが、もう最後まで言うしかなかった。「もちろん、朝早く来てやればいいんですから、今日の朝だってできます。でも、どうせ僕の下駄箱に細工をするなら、放課後のこの時間に人が少なくなったのを見はからってやるほうがはるかに安全なはずなんです。朝じゃ人が多いし、僕自身がいつ登校してくるかも分からない。あんな手紙なんかいつ入れたっていいはずなのに」

伊神さんを見る。伊神さんはもう、最後まで僕の話を聞く態勢になっているようだ。

「つまり犯人は、下駄箱を捜す必要がなかった人間じゃないでしょうか？　下駄箱には出席番号が書いてあります。同じクラスの人なら僕の出席番号を知っているかもしれないし、下駄箱の位置も覚えているかもしれませんが、関係者の中で同じクラスなのはミノくらいでした。でも、僕の出席番号をすぐに知ることができる人間は他にもいます」

伊神さんの口許《くちもと》が微妙に歪んだ気がする。しかしそれが何を意味するのかは分からない。

「それに、南京錠のキーにしたって、二つしかないという話ですが、その他に合鍵があったとしたらどうでしょうか？　部員には全員アリバイがありますが、関係者はそれ以外にもいます。

そしてその人は、合鍵を持っていて不自然じゃない」

見落としていたとしたら、この可能性しかない。僕は結論を言った。

「……市立《ウチ》の先生に、そんなことをする人はいないと思いたいんですけど」

「市立《ここ》の教職員に、そんなことをする人はいないよ」伊神さんはゆっくりと言った。

実のところ伊神さんがそう言ってくれることを密かに期待していた僕は、言われた途端、安《あん》堵《ど》で脱力した。やはり違っていてくれた。思いついた時は背筋が冷えたのだが。

「ボランティア部の病院訪問はすべて若菜君が取りしきっていた」伊神さんは確かめるように言う。「園芸部は間借りしていただけで、それも門馬君が個人的に動いた結果だった。ESSはALTがいないからろくに活動ができていない。そういう部活の顧問が、部室にたまたま顔を出すほど熱心に顧問をやっていると思う？」

「……そういえば」だいたい文化系クラブの顧問なんてものは、受け持ちが自分の趣味と一致した人以外、ほとんど顔を出さないものだ。

「それにね。教職員がやるにはリスクが大きすぎるよ」伊神さんは落ち着いた口調で僕に言う。「昇降口で生徒の下駄箱を探っていたり、自転車置き場で生徒の自転車を捜していたりして、もし誰かに見られたらどうする？　ただでさえ問題になりかねない行為だし、事件の話がどこかから伝わっていれば、たちどころに犯人にされてしまう。そんなリスクを冒してまで、わざわざ下駄箱に手紙を入れたりブレーキに工作をすると思う？　何か仕掛けるなら、教室でも美術室でも、より安全な場所がいくらでもあるのに」

伊神さんはそれでも、笑って付け加えた。「一応、確認もしてきたけどね。ボランティア部の顧問は事件発生時、職員室にいたのが確認されているし、ＥＳＳの顧問は帰宅済みだった。もちろん、合鍵なんてものを作っていた人もいない」

「……そうですね」なぜだか分からないが、心底安堵している自分に気付いた。

同様に安心したらしいミノが、気を取り直した様子で言う。「じゃ、結局何なんすか？　偶然が重なったとか？」

「計画的な犯行だよ。当然」

「本当に？」ミノが疑わしげな声を出す。

「だから、一人しかいないよ」伊神さんは簡単に断言した。「だって今日、部室の鍵がかかってたんでしょ」

僕たち三人は、誰も答えられないまま沈黙する。伊神さんはそれも予想していたのか、さっさと後を続ける。「そこをまずおかしいと思おうよ。昨日、犯人が鍵を開けて入ったとしても、律儀《りちぎ》にまた閉めて出ていく必要がどこにあるの。園芸部もＥＳＳもボランティア部も、お互いの行動をすべて把握してるわけじゃないんだから、仮に開いていたとしても『最後に出た人が閉め忘れたんだろう』と思うだけでしょ。そうなれば『犯行時、鍵はかかっていなかったんだろう』っていうことになる。容疑者の範囲がいくらでも広がるのに」

「つまり……」

もう自分で全部喋るつもりらしく、伊神さんは言いかけたミノにかぶせて言った。「つまり犯人は部室の鍵を開けられなかった。開けておければベストだけど、そうでなくともESSかボランティア部の人間に容疑が向くだろう、と考えて犯行に及んだ。ということは、犯人は……」

伊神さんが僕の背後に視線を飛ばす。「彼だよ」

振り返ると、僕の後ろにいつの間にか門馬先輩が立っていた。

「自分の口で、どうしてあんなことをしたのか話してもらおうか。拒否しても構わないけど」

僕たち四人の視線にたじろいだ門馬先輩はそれでも、疑うような目を伊神さんに向けたまま無言である。

「わざわざここに呼んであげたのは、サービスのつもりなんだけどね」伊神さんは鼻白んでそう言った。しかし門馬先輩はまだ黙っている。

「あのう、でも、門馬先輩は」伊神さんが言うのだから間違いはないのだろう。しかし僕にはどうしてこの人が犯人になるのか、さっぱり分からない。「昨日は六時前に帰ってます。それに、部室の鍵を開けられないなら」

「柳瀬君から話は聞いたよ。犯行時刻は六時半頃」伊神さんは僕を見下ろして説明する。「門馬君は六時前に帰ったことをESSの二人が証言した」

「そうです。だから、無理じゃ」

「どうして？　園芸部員は六時前に部室を出ただけでしょ」伊神さんは人差し指をぴんと立てた。「そして凶器となったペラルゴニウムの鉢が犯行時、部室にあったという点も確証がない」

「ええ？」ミノが派手に眉を動かし、不満を表明する。「ありますよ？　園芸部は二人ともそう言ってたし、ＥＳＳの木村さんだって」

「それは聞いたよ。でも、木村君にちゃんと訊いた？　部室を施錠するその時まで、鉢植えが全部部室に揃っていたか」

「それは……」ミノは言葉に詰まった様子で口を閉じる。確かに木村さんは、園芸部が置いた鉢植えについてはあまり気にしていない様子だった。しかし、その事実がどういう結論に結びつくのか分からない。

「つまりこういうことだよ。部室が施錠される前に、犯行に使われたペラルゴニウムの鉢は部室の外に移されていた。おそらくは屋上にね」伊神さんは別館の上を振り仰ぐ。「園芸部の二人がそれぞれ『自分が部室を出るまで鉢は揃っていた』と証言している。ということは、岩泉君が帰るまで鉢が部室にあったことについては、二人が証言していることになる。でも、岩泉君が帰ってから門馬君が帰るまでの間、鉢が部室にあったことを証言しているのは門馬君一人でしょ。ＥＳＳとボランティア部のアリバイも、園芸部員が鍵を開けられないことも、六時前に部室を出たことも二人以上が証言している。論理的に、嘘が入るとしたらここしかありえない」

「あのう、でも」理解できず、僕は身を乗り出して訊いた。「僕が別館の下を通ったのはたまたまです。門馬先輩はたまたまこっそりと鉢を持ち出していた時に、たまたま僕を見つけて鉢を落とした、っていうことですか？　それは……」

それがありそうもない、ということは確認したはずだ。だいたい、こっそり持ち出した鉢を僕に落としたりしたら、こっそり持ち出した意味がなくなってしまう。

「ありうるんだよ。それが」伊神さんは横目で門馬先輩を見る。「要するにこういうことだよ。まず門馬君はある理由により、ESSの二人が部室にいなかった時間、つまり昨日の五時半過ぎから六時過ぎの間に、ペラルゴニウムの鉢をこっそり屋上に持ち出していた」

「そこにたまたま僕が通った？」

「違うよ。門馬君が待っていたのは、誰でもいいからとにかく誰かが下を通ってくれることだけ。君じゃなくてもよかったんだよ」

「僕じゃなくても……？」

「そう。門馬君は誰でもいいから誰かが別館の下を通るのを待っていた。文化系クラブの人間はまだ残っている時間帯だから、一人ぐらいは通ると思ったんだろうね」

伊神さんは門馬先輩を冷ややかな目で見る。「門馬君が狙ったのは、自分がいつも一緒にいるような親しい友人ではないが、しかし顔ぐらいは見たことがある、という人間。そしてできれば二人以上のグループで別館の下を通ってくれた方がいい。『植木鉢が落とされる事件』を目撃してくれる人がいた方がいいからね。ところが、そうやって選り好みしているうちに六時半を過ぎちゃったんじゃないかな？　そこにようやく葉山君たちが通った。門馬君も二人の顔ぐらいは知っていたんだろうし、あの時間になればもう他の人は通りそうにないと思って決行したんだろう。柳瀬君を狙ったことにしてもよかったはずだけど、君と柳瀬君の両方を知っている人間なら、普通は君の方を狙う」

「どういう意味ですか、それ」

伊神さんは答えずに続ける。「鉢を当てないように落としたら、携帯していたスピーカーで『窓を閉める音』を流して、自分が別館の室内にいたように見せかける。音源は効果音のＣＤでも、ネット上のフリー素材でもいいし、合うものがなければ自分で録音してもいい。デジタル音源ならノイズの部分はカットできるし、仮にノイズが入っていたとしても、五階の高さから一瞬、聞かせるだけならばれないしね」

落とされた瞬間に上を見ていたら、あるいは犯人の姿が見えていたかもしれない。伊神さんはそう付け加えた。

「じゃあ……他の人が通っていたら、その人を狙っていた、と？」僕は自分で言っておいて怖くなり、門馬先輩の顔を見たが、先輩は斜め下を向いており、表情は見えなかった。「……どうして」

「要するにこういうことだよ。門馬君が下の人間に鉢を落としたのは、下の人間を脅したり怪《け》我《が》をさせたりするためではなくて、鉢の方を壊すためだった。門馬君はあの鉢をこれ以上部室に置いておきたくなかったんだよ。だから部室から鉢がなくなる適当な理由が欲しかった」

「それで、誰かが落とした、っていうことに？」

「下を通った人間に恨みを持つ誰かが故意に落とした、ということになれば、鉢がなくなったことにも納得がいく。少なくとも岩泉君はね」

その名前が出た瞬間、門馬先輩はぴくりと肩を震わせた。

伊神さんはすべて分かっている、という様子でそれを無視し、僕を見て続けた。「門馬君の目的は君じゃなくて鉢の方だったんだよ。君に手紙を送ったのも、ブレーキに工作をしたのもすべて、犯人の目的は君であって、ペラルゴニウムの鉢ではないと思わせるため」

「……それだけのために?」

「そう。……もちろん、それで君に怪我をさせるつもりまではなかった」

言われてみると、すべてに思い当たることがある。鉢は不思議と離れたところに落ちてきた。手紙に入っていたのが剃刀の刃か何かなら手を怪我していたかもしれないが、入っていたのは釘だった。ブレーキを両方緩められていたら事故になっていたかもしれないが、左だけだった。しかもブレーキワイヤーが切られているのではなく、ただ緩められていただけだったのだ。

「葉山君もさっき言ってたけどね」伊神さんは僕に視線を据える。「手紙が今朝の時点でもう入っていたというのは、確かに少し変だよね。そうなった本当の理由は、犯人が、葉山君が狙われたのだ、ということを早いところ印象付けたかったからだよ。門馬君は鉢を落とした直後の柳瀬君の怒声を聞いて、二人が『鉢はうっかり落としたに過ぎない』と思っているのではないか、と不安だったはずだからね」

「別に、怒鳴ったってほどじゃないですよ?」どう考えても怒鳴っていた柳瀬さんは、あさっての方向を向いて抗議した。

伊神さんはそれに答えずに続ける。「ついでに言えば、ブレーキに細工をしたのも同様の理由からだろうね。君たちは園芸部を訪ねた時、鉢が『狙って落とされた』ということは言わなかったみたいだから」

部室を訪ねた時、柳瀬さんの話に対して、門馬先輩は不審げな顔をして、鉢を「うっかり落とした」ということに疑問を呈していた。内心ではやきもきしていたのかもしれない。

「っていうかそれ、どういう考え方してんすか？」心底呆れたという様子で、ミノが門馬先輩を睨む。「ただ鉢を処分したいなら、持って帰りゃいいじゃないすか。病気になったとか適当な理由つけて。それで怪しまれるってんなら『悪い、割っちゃった』でいいわけだし」

「それすら嫌だったんだろうね。『何でも知っている頼りになる先輩』である自分がそんなミスをしたと、岩泉君に思われたくない」

「はあ？」ミノが大口を開ける。「何すかそれ？　なに恰好つけてんすか？」

「恰好いい先輩でいようとすると、些細なことでも不安になるんだろう」伊神さんの口許にかすかに笑みが浮かぶ。「『幻滅されたらどうしよう』という恐怖は、根拠なく膨らみやすい」

僕にはなんとなく思い当たることがあるが、伊神さんはどうなのだろう。伊神さんが門馬先輩に向けた笑みは、共感とも軽蔑ともとれるものだった。

伊神さんは門馬先輩を見たまま続ける。「……だから、ペラルゴニウムが一季咲きである、なんて基礎知識を知らなかったとは、口が裂けても言えない」

「ああ、やっぱり」柳瀬さんが頷く。「なんか忘れてるような気がしてたんですよね」

「必ず知っていなければならない、っていうほどの知識じゃないけどね。ペラルゴニウムの和名が『ナツザキテンジクアオイ』だってことを考えれば、門馬君が当然知っているべき知識だったとあせったのも無理はない」伊神さんは肩をすくめた。「花期は四月から七月頃まで。当然、文化祭の時季には咲いていない可能性が大きい。ところがそこの部長さんは、文化祭の展示に使うと言って育て始めてしまった。さあ大変だ。今更『間違いだった』とは言いたくない。かといって、自分がわざわざ貰ってきたはずの鉢を『どこかにあげることにした』と言いだすのも変だ」

花が勝手にどこかに歩いていくわけはないから、なくなる理由は必要だ。それは分かるのだが。「……それで、『誰かが割っちゃった』ってことにしよう、と?」

「そうすれば自分も被害者に収まることができる。もちろん、不注意で窓の外に落ちるわけがないから、誰かが故意に落としたことにする。それに、下校後に窓の外に落ちたというなら、『朝、誰かが片付けてしまったんだろう』ということにしてさっさと花を処分しても怪しまれないしね。そもそも」伊神さんは鉢の落ちてきたあたりに視線をやる。まだ細かい破片が残っている。「こんなひと気のない場所に、昨日の夕方に落とされた植木鉢が、翌朝もう綺麗に片付いている。一体誰が片付けたんだと思う?」

言われてみればそうだ。

伊神さんは続けた。「おかしな点はもう一つある。今日の放課後、部室に行った君たちは、鉢のあった長机の上に土がぼろぼろとこぼれているのを見た」

ミノが眉をひそめる。「それが変なんすか?」

「変だよ。そもそも鉢を持ち上げて外に落としただけで、鉢植えの土がそんなにこぼれると思う？　あれは門馬君が今日、部室に来た時にこぼしておいたんだよ。岩泉君と、鉢植えが誰かに落とされたのではないか、という話をするきっかけを作るためにね」伊神さんは再び門馬先輩に視線を据える。「幸いなことに、実際には柳瀬君たちが自ら訊きにきてくれたけど、そうでなかったら自分で話を聞いてくるつもりだったんだろう？　鉢植えがない。土がこぼれている。どうやら誰かが落としたらしい……それならちょっと、遅くまで残っていた人に話を聞いてみよう、っていう具合にね。その結果、鉢が落とされた、という事実が浮かんでくる。君は犯人のくせに、探偵面《づら》をして『一体誰がやったんだ』と言えばいい。岩泉君の尊敬は深まりこそすれ、失われはしない」

「そんなことのために、僕と柳瀬さんに鉢を落としたんですか？」僕はなんだか、理解するにつれて腹が立ってきた。「だいたい、園芸部の部長がそんな」

「持って帰って植え替えたよ、もちろん」最初は強い調子で言い返そうとしていたらしい門馬先輩は、やはり自信がなくなったと見えて途中から小声になった。「……それにちゃんと、当てないように気をつけてたし」

「だから問題ない、とでも？」腹を立てる僕にかわって、伊神さんが言ってくれた。「君は自分のしたことの危険性を分かっていないね。何かの加減で君の手元が狂えば、鉢は葉山君か柳瀬君に当たっていたかもしれない。たまたま葉山君が手紙の扱いを間違えれば怪我をしていたかもしれない。自転車に乗った葉山君がちょっとした偶然で右手を使えなかったら、事故になっていたかもしれない。そのいずれもが起こらないはずだと、どうして言える？」

そう言われると反論できないのが分かっているのか、門馬先輩は俯いてしまっている。「いや、その……ごめん。すまないとは思ってるんだ。ただ、その」

門馬先輩はもぞもぞと言う。柳瀬さんが「うわあ男らしくない」と呟いたのが聞こえた。

「……というわけだよ」伊神さんは腕を組んだまま、花壇のむこうに向かって言った。

樹の陰から岩泉さんが出てきた。困ったような顔をしているから、話はすべて聞いていたのだろう。

それを見て門馬先輩はうろたえた。「なんでここに」

伊神さんはしれっとして答える。「さっき部室に行って、事情を話して呼んでおいたんだよ」

門馬先輩は、すがるように伊神さんを見た。「話が違う」

「何の話？」門馬先輩は伊神さんを睨むが、伊神さんは平然としたもので、処置なし、というジェスチャーをしながら言う。「だいたい、君のような人間にそんなおいしい話があると思う？　鉢植えが落とされて一番悲しんでいるのが岩泉君だってことにすら気付かない、君のような人間に」

岩泉さんは門馬先輩の前に来て、やはり困ったような顔のまま彼を見上げる。

「……ペラルゴニウムは元気ですか？」

目を見てそう訊かれ、門馬先輩はうろたえながらも、慌しく何度も頷いた。「うん。ちゃんと咲いてるから」

「……よかった」

ほっとした様子で下を向く岩泉さんに、門馬先輩はあたふたと言った。「ごめん。あの、岩泉、俺は」

岩泉さんは困ったように目をつむっているのだが、門馬先輩には見えないらしい。「俺は、その、実は、前から」

「先輩、あの」岩泉さんは顔を上げ、申し訳なさそうに言った。「……私、彼氏います」

固まってしまった門馬先輩を措いて、岩泉さんは僕と柳瀬さんに向き直り、なぜか頭を下げた。「……なんだか、申し訳ありませんでした。私が言うのもちょっと……あれですけど」

「いえ、別に、あなたは何も」面食らった僕は慌てて手を振り回したのだが、岩泉さんはなぜかすまなそうにしていた。


気がつくと日が暮れかけている。伊神さんを正門のところまで見送り、僕は頭を下げた。

「ありがとうございました。それにしても、すごい速さで片付けましたね」

「一応、補充捜査はしたよ。職員室に行ったり、別館の屋上に入れるか確かめたり」

「え」

「何か？　ああ、そういえば君が自転車に細工されて驚いてたのも見たよ」

「……いえ」つまり、僕が屋上で見た人影は伊神さんだったらしい。恥ずかしいので、犯人だと思って追いかけた、ということは黙っておくことにした。

横で「うーむ」という声がしたので見ると、柳瀬さんが何か考え込んでいる。

「柳瀬さん、どうしました？」

「ん」柳瀬さんは顎《あご》に指を当てて思案する顔になる。「伊神さん、ちょっと気になるんですけど」

すでに背中を向けていた伊神さんが振り返る。「何が」

「ペラルゴニウムなんですけど、岩泉って子、一季咲きって知らなかったのかな、って」

もっともな疑問ではある。しかし伊神さんは、さあ、と言っただけだった。「一年生だし、そもそも園芸部員だからって何でも知っているわけじゃない、っていうのが一つの答えだけど」

伊神さんはそれだけ言って柳瀬さんを見る。柳瀬さんは最初、そのまま伊神さんの言葉を待っている様子だったが、ややあって急に表情を変え、眉をひそめた。「……もしかして」

柳瀬さんは携帯を出して画像を見る。それから、がっくりとうなだれた。「あいたたた……」

「どうしたんですか？」

「今見て思い出したんだけど」柳瀬さんは一拍おいて、頭の中で何かを確かめたようだった。

「……あの鉢に植わってたの、文化祭の時季でも咲くやつかも」

「え？」

「やっぱりそうか」伊神さんも頷く。「君が最初、単にゼラニウムだと思ってたみたいだから、もしかしたらと思ったんだけど」

「あれたぶん、品種改良でもっと長く咲くようにしたやつですよ。エンジェルダストとかいう」

「エンジェルアイズ」伊神さんが素早く訂正する。「品種によっては四季咲き性のものもあるから、温度に気をつければ文化祭の時季に咲かせることもできる。普通のペラルゴニウムより小さい花だから、君はゼラニウムだと思ったんだろうけど」

「……そんなものがあったんですか」

二人とも随分詳しいことだ。柳瀬さんは母親も詳しそうだったから門前の小僧なのかもしれないが、伊神さんの方はどうしてこう何でも知っているのだろう。

伊神さんは目を細めて言った。「青い薔薇ですら作れる時代なんだ。不可能なことなんてもうないんだよ」

考えてみれば、夏までしか咲かない花をあげたなら、あげる側がそのことを教えているだろう。その中にあってもっと長く咲く品種だというなら、その点についての話も出ていて然るべきだ。門馬先輩がその二つをいずれも知らなかったということは、彼は貰う時「当然知っている」という態度をとったのだろう。そして、あげる側も門馬先輩なら当然知っていると思っていた。つまり門馬先輩の心配は取り越し苦労で、その上自業自得ということになる。

「……もしかして岩泉さん、最初からある程度、犯人とかに見当ついていたんじゃないですか?」

「さあね。門馬君の二重の勘違いに気付いていたかもしれないし、何も知らなかったかもしれない」

「気付いていたんじゃないかと思いますよ。なんか謝ってたし」柳瀬さんはなんとなく投げやりな調子で言った。

そういえば、僕にはそれもよく分からない。「あれはどうしてなんですか？　どちらかというと岩泉さんだって被害者なのに」

「自分にも責任あるとか思ったんじゃないの？　先輩先輩って騒いで誤解させたとか。……思わせぶりな後輩っているよね」

「なんで僕を見るんですか」

「っていうか、それ……痛いっすね」ミノが渋い顔になって言う。「俺も気をつけよう」

「心配しなくても、三野は別に騒がれてないと思うよ？」

柳瀬さんは笑顔でそう言ってミノをうなだれさせてから、突如「ああ」と言って額に手を当てた。「もう一つ、痛いこと思い出した」

「何すか？」

ミノが訊くと、柳瀬さんは答えた。「ペラルゴニウムの花言葉、『尊敬』とか『愛情』だった」

嫁と竜のどちらをとるか？

夏、真っ盛りである。駅前のビル街には嫌な暑さが淀《よど》んでいる。

なんというか、空気が分厚い。斜め上の太陽が僕の顔面に熱線を放射する。行き交う車の排気ガスと室外機の出す風が、ねっとりとした不快感となって肌にまとわりつく。風があれば少しはましなはずなのだが、あいにく全くの無風状態である。自転車を押して歩いているだけで汗が噴き出てきて、僕は汗が垂れそうになるたびにポケットからハンカチを出して拭《ぬぐ》っていたのだが、駅前のロータリーに着く頃にはいちいちポケットから出し入れするのが面倒で手に握っていた。

汗をかいた理由はそれだけではなく、隣を歩く伊神《いがみ》さんにもある。

伊神さんと並んで歩くというのが、けっこう大変なのである。まず脚の長さが違う。歩くスピードも大分違うのだが、伊神さんは僕に歩調を合わせてくれたりは一切しないので、普通に歩いていると僕はどうしても遅れ、そのたびに早足になる。その上この人は暑いのが苦手らしく、街路樹の木陰を通ろうとして突然道の端に寄ったり、日なたで信号待ちをするのを避けようとして交差点の大分手前にある日陰で急に立ち止まったりする。それだけでなく、伊神さんは駅までの最短距離となるコースを選んでいるらしくいきなり細い路地に入る。歩くコースが全く予測できないのである。顔の高さも違うから話す時はかなりの急角度で見上げねばならず、これもまた疲れる。

今年の冬に結婚して現在は主婦をやっている立花《たちばな》という先輩に「うちで昼食をどうか」と招かれた帰りなのだが、午後五時になってもまだこんなに暑いとは思わなかった。別に伊神さんに合わせて駅まで歩く必要はなかったのだから、さっさと自分だけ自転車に乗って帰った方が楽だったかもしれない。僕はそう考えながらまた汗を拭いた。

それでもとりあえず駅前のロータリーまでやってきたのだが、そこで伊神さんが急に立ち止まった。僕は慌てて自転車のブレーキを握り、つんのめり気味に停止する。

「どうしました？」

見上げて尋ねる僕に答えず、伊神さんは再びすたすたと歩き出し、自動ドアを開けてビルの一階にあるモスバーガーの店に入っていってしまった。なぜいきなりそんな、と思って店の中を覗《のぞ》くと、窓際の席に柳瀬《やなせ》さんがいるのを見つけた。柳瀬さんは僕に向かって手招きし、ガラス越しでは聞こえるはずがないのに何か言っている。彼女の向かいにはよく日焼けした男の人が座っている。知っている人だった。精力的で端正で、なんとなく「きちんとマナーを守ってマリンスポーツをやる人」というイメージがあるこの人は、映研が現在製作中の映画で柳瀬さんと共演している七五三木《しめき》先輩だ。

僕が窓越しに頭を下げて挨拶しようとすると、二人は振り返って店の中の方を向いてしまった。伊神さんがテーブルの脇まで来て、柳瀬さんと何か言葉を交わしている。僕も急いで自転車を置き、店の入口に駆け寄った。

時間帯のせいか閑散《かんさん》としている店内に響くいらっしゃいませの声を適当に受け流し、とにかく窓際のテーブルに向かう。伊神さんは柳瀬さんたちが座る二人掛けのテーブルの横に、隣のテーブルから引っぱってきた椅子を強引に横付けしたところだった。僕は笑顔で手を振ってくる柳瀬さんとそんな彼女を苦笑しつつ見ている七五三木先輩に頭を下げ、伊神さんの背中に声をかける。「伊神さん、その座り方はちょっと」

「柳瀬君が何やら謎を抱えているらしいよ」伊神さんは横付けした椅子に腰を下ろし、横に立っている僕を振り返りもせずに言う。

「いや、それよりその」僕はレジを振り返る。「注文もしないでそれは、ちょっと」

「要らないよ。柳瀬君の話を聞きにきただけだし」

椅子を占領しておいて何を言うか、と思ったが、伊神さんは平気で柳瀬さんを見ている。

「で、何があったの」

「事件があった、っていうわけじゃないんですけどね」柳瀬さんも、別に店員を気にするでもなく伊神さんに向かって身を乗り出す。「伊神さん『メタモデ』って知ってます?」

僕の脳裏には「メタな領域で活躍するスーパーモデル」というよく分からない概念が浮かんだのだが、伊神さんは即答した。「あれのことかな? 二十年くらい前に流行《はや》った」

「たぶんそれです」さすが、と続けて柳瀬さんは頷く。「昔流行ったおもちゃなんです。『メタリオンのプラモデル』のことです」

『機竜戦記《きりゅうせんき》メタリオン』だね」

「まさにそれです」柳瀬さんは伊神さんを指さし、それから七五三木先輩に「ほらね？　知ってるでしょ」と言っている。

僕は知らなかった。「伊神さん、何ですかそれ？」

「君の歳じゃ知らないだろうね」僕と二つしか違わないはずの伊神さんは、椅子の脇に突っ立っている僕を振り返って見上げた。「二十年ほど前、小学生を中心に流行ったおもちゃだよ。原作は小学生向けの漫画雑誌に連載されていた『機竜戦記メタリオン』という作品で、アニメ化された後、作中に登場する機体がプラモデルで出ると、爆発的に売れた。種類が多かったから、全国に多数のコレクターが現れて、トレーディングのためのネットワークもできた」

「知りませんでした」

「その後、漫画原作者の児童買春が発覚して連載が終了」

「うっ」

「アニメやテレビCMも自主規制したため急速にブームが終わって、今では関連商品も店頭に並んでいない。ただし『メタモデ』と呼ばれるプラモデルの方は、三十代になった当時のコレクターが再び集め始めていて、ネット上で復刻版が売られている」

「それなんですよ」柳瀬さんが我が意を得たりとばかりに人差し指を立てる。「伊神さん、『アルファ』って知ってます？」

「一番有名なやつでしょ。第一シリーズの主人公が乗っていた」

「それのメタモデ、今いくらぐらいか分かりますか？」

「それを訊きたくて僕を呼んだの？　それなら、ネットで調べた方が早いよ」伊神さんは途端に興醒めという顔になり、腕を組んだ。「だいたい『アルファ』っていうだけじゃ分からないよ」

「駄目かあ」柳瀬さんは背もたれに体重を預け、手だけを伸ばしてアイスティーのグラスを取った。「だいたいいくらぐらいか、も分かりませんか？」

「分からないよ」伊神さんはあっさりと言った。「『アルファ』に関しては随分いろいろなバージョンが出たらしいしね。復刻版の安いやつなら二、三百円。大型で、プレミアのついた当時のものなら、塗装次第では数万円。製造時期ごとに細かい変更点がいろいろ出たらしいから、珍しいものなら数十万出す人間がいてもおかしくない。もっとも、コレクター以外にはどこがどう違うのか分からないらしいけど」

「そうなんですよね」柳瀬さんは困り顔でストローをくわえる。「……私がネットで調べてみたら、一番安いのなんて百五十円なんですよ。一番高いのは十八万五千円もするけど、それはすっごい例外みたいなんです」

「つまり、君の家のどこかから出てきた『アルファ』を換金したいっていうこと？」

「いや、どっちかっていうとその逆なんすよ」それまで黙って喋る機会を待っていたらしい七五三木先輩が口を開いた。「柳瀬さんの従姉《いとこ》の……何つったっけ？　その人の旦那がその……

『メタモデ』っすか？　それのファンらしくて、集めてたらしいんですけどね」

七五三木先輩は柳瀬さんに「何さんだっけ」と確かめる。柳瀬さんは説明するのを七五三木先輩に任せたらしく、「瞳《ひとみ》さん」とだけ答えてアップルパイをかじっている。

「そう。その瞳さんの旦那がちょっと、言っちゃ悪いけどまあ、オタッキーな人で」七五三木先輩は苦笑しながら言った。「結婚前はすっごい金使ってその、『メタモデ』？集めてたみたいなんですよ。瞳さんはそれが嫌で仕方なくて、結局、部屋に並んでる分は捨てなくてもいいけど、そのかわり今後は絶対にその『メタモデ』？買わないって約束で結婚したみたいなんです。なのにこの間、旦那がこっそり買ったのが判明したらしくて。それで柳瀬に相談したらしいんですよ。いくらぐらいするもんなのか知ってる人が誰かいないか、って」

七五三木先輩は僕にも視線をやったが、僕は首を振るしかなかった。「僕も分かりません」

「『アルファ』ってだけじゃね」伊神さんはそう言った後、少し声のトーンを変えて続けた。「それより僕が気になるのは、その瞳さんとやらが、旦那さんが新しく買ったのが『アルファ』だってどうして分かったのか、なんだけど」

「はあ。そりゃまあ」言いかけた七五三木先輩は首を捻《ひね》った。「それ、不思議ですか？」

「少しね。旦那さんが新しいメタモデを買ったっていうことを、どういう経緯で瞳さんが知ったのか分からないけど」伊神さんはテーブルに手を伸ばして、なぜか七五三木先輩のジンジャーエールを取った。「たとえば、旦那さんの部屋を見てコレクションが増えていることに気付いたっていうのは考えにくい。旦那さんの部屋にはすでに大量のメタモデが並んでいたのに、どうやらメタモデには全く詳しくないらしい瞳さんが、新しく増えたのは『アルファ』だということがなぜ分かったのか。ネットか何かで『アルファ』という名前を調べたなら、ついでにいくらぐらいするものかも調べればいいのに、なぜそうしなかったのか。じゃあ、旦那さんが口を滑らせた？　それも考えにくい。夫婦の間ではメタモデの話自体しなかっただろうし、まして新しく買ったのが何なのかまで分かるほど迂闊《うかつ》な口の滑らせ方というのは、ちょっと考えられない。では旦那さんが買っている場面を見た？　それだとしても、買った商品の名前だけ分かって値段は分からないっていうのはどういう状況だろう？　店の人に訊けば値段ぐらい分かるのに」

伊神さんはそこまで一気に言って、七五三木先輩のジンジャーエールで喉を潤した。僕としては、一旦喋り始めると誰のものかも考えず手近な飲み物に手を伸ばす、というこの癖をまずやめてほしいのだが、七五三木先輩の方はジンジャーエールのことなどどうでもいいらしく、目を丸くしている。「……まあ、そうですね」

柳瀬さんは七五三木先輩を見て「ね？　こういう人だから」と言った。七五三木先輩が柳瀬さんに頷き返す。

「でもまあ、そこのところは瞳さんから聞いてるんですけどね」柳瀬さんはアップルパイをトレイに置いて伊神さんを見た。「瞳さんが出かけてる間に、家に旦那さんの友達が来てたらしいんですよ。で、帰ってきた瞳さんは誰が来てるのか、って思ってドアの前まで行ったんですけど、そこでドア越しにいきなり聞いちゃったらしいんですよね。『いや、嫁には秘密なんだけどさ。これ買っちゃって』」

　おそらく瞳さんの旦那さんの声そのままなのだろう。いきなり声色《こわいろ》が変わったので僕はぎょっとしたが、伊神さんと七五三木先輩は慣れているらしく平然としていた。

「で、瞳さんが聞いたのは以下の通りです」柳瀬さんは紙ナプキンで指を拭い、座り直した。『懐かしいなあ。それたしか、アルファっていうんだよな』『うん。これ見たら我慢できなくてさ』『レアなんでしょ。いくらしたの』『こんな感じ』『へえ。それってマニア的には高いの安いの？』……ここで瞳さんがドア開けちゃったんです」

　柳瀬さんは男二人の声を、ドア越しで聞いた時のくぐもった感じまで含めて再現した。演劇部の人たちに「人力エフェクター」と呼ばれている声芸の一つであるが、突然やられるとぎょっとする。

「もう少し隠れて聞いてりゃ、いくらしたのか分かったよな」

　七五三木先輩がそう言うと、伊神さんは眉をひそめた。そして訝《いぶか》しげに言った。「話がよく分からないんだけど。他に何か事情があるってこと？」

　伊神さんから「分からない」という言葉を聞くのは珍しい。柳瀬さんは怪訝《けげん》そうに首をかしげ、繰り返した。「いえ、情報がこれしかないんです。瞳さんはそこで突撃しちゃったから」

　伊神さんが遮る。「だから、何か他に値段を分からなくさせるような事情があったんでしょ」

「……いえ？　ですから、瞳さんはこれしか聞いてないから」

「え？　だから、それでどうして値段が分からなくなるの」

「はい？」

「ちょっと、ストップです」僕はテーブルの上に身を乗り出して嚙みあわない二人の間に手を伸ばし、やりとりを止めた。

二人の表情は一時停止のスイッチを押されたように、眉をひそめたままで固定されている。僕は頭の中で状況を整理し、伊神さんに言った。「伊神さん、柳瀬さんが『分からない』って言ってるのは、瞳さんの旦那さんがこっそり買った『アルファ』の値段のことです」

「うん」伊神さんは頷く。

次に僕は柳瀬さんを見た。「柳瀬さん、瞳さんから聞いた話はそれだけなんですよね？」

「うん」柳瀬さんも頷いた。

「……じゃ、伊神さん、柳瀬さんの話のどこが分からないんですか？」

「僕が分からないのは、どうして瞳さんが『アルファ』の値段を判断できなかったのか、だよ」

今度は伊神さん以外の全員が動きを止めた。なぜかカウンターの中の店員さんまで動きを止めているようで、店内が静かになった。

それで僕は、伊神さんの言いたいことを理解した。「……つまり伊神さん、伊神さんは今の話だけで『アルファ』の値段が分かったんですか？」

「そうだよ」伊神さんは憮然《ぶぜん》として言う。「謎でも何でもない」

「……具体的にいくらだったのかまで、ですか？」

「当然でしょ」

僕は何と言ってよいか分からず、とりあえず柳瀬さんに頷きかけた。「……だ、そうです」

数秒の間があり、ようやく柳瀬さんが声をあげた。「はあ？」

伊神さんは首をかしげる。「何が？」

「だって私、何も話してないですよ？　手がかりになるようなこと」

「充分話してるよ。君がさっきした物真似は一字一句その通りだったんだよね？　台詞《せりふ》の間に間とか、何かごそごそやるような気配とかはないんだよね？」

「ないです。瞳さんが演《や》ってくれた通りですから」

柳瀬さんの従姉だけあって、瞳さんという人も演技派らしい。

「なら明らかだよ」伊神さんはそう言ってジンジャーエールを口に運ぶ。

そう言われても、僕と柳瀬さんは何も言えないのである。さっき柳瀬さんが再現したやりとりには、具体的な数字など何も出てこなかったはずだ。

僕が柳瀬さんと顔を見合わせると、ようやく状況を理解したらしく、七五三木先輩もうろたえた。「はあ？　分かった、って、値段が分かったってことすか？」

伊神さんは無言で頷く。僕たち四人が黙っていると、後ろから店員さんに声をかけられた。

「あのうお客様、四人掛け席でしたらあちらに御用意しておりますので……」

「あっ、すいません」僕は慌てて伊神さんを引っぱった。「伊神さん、注文しましょう注文」

「要らないよ」

「駄目ですっ。じゃ伊神さんの分、アイスティーにしますからね」

店員さんの笑顔がこころもちひきつっているように見える。どうしてたったあれだけの情報から伊神さんが「アルファ」の値段を判断できたのか、それは見当もつかないが、とにかくまず僕がすべきことは注文をすることと、伊神さんを立たせて四人掛け席に移ることらしかった。

四人でぞろぞろと隅の四人掛け席に移動した。僕は自分と伊神さんの分を注文し、壁際の席にもぞもぞと入り込み、バッグを椅子の下に置いて腰を落ち着けるまでの間、必要なこと以外は喋らなかった。腰を落ち着けてからは何も喋らなかった。隣の柳瀬さんは前にいる七五三木先輩と何か話していたが、僕の頭はさっきの伊神さんの発言を吟味《ぎんみ》するだけですでにメモリ不足になっている。もともと、浮かんでしまった疑問を脇に置いて関係ない雑談をする、というのはあまり得意ではないのだ。

甘いものを食べたらしょっぱいものが食べたくなった、と言う柳瀬さんにフライドポテトをすすめてから、僕は正面に座る伊神さんを見た。

「……僕にはさっぱり分からないんですが」アイスコーヒーを一口飲んで唇を湿らせる。「具体的に値段が分かったんですよね？　いくらなんですか？」

「それちょっと待った」僕の言葉を聞いた柳瀬さんがポテトを持った手を突き出し、答えようとする伊神さんを制止した。「まだ言わないでください。私たちも考えます。なんかこのままじゃ私たち三人が馬鹿みたいじゃないですか」

え、俺もか、と言う七五三木先輩に、もちろん、と返し、柳瀬さんはポテトをくわえた。

「伊神さん、『アルファ』の値段に見当がつくようなこと、どこかで何か聞いてたんですか?」

僕が訊くと、伊神さんは「別に」と言って首を振った。「さっき柳瀬君が言ったことしか知らないよ。下は百五十円、上は十八万五千円、でしょ」

「えええ。範囲が広すぎるって」柳瀬さんはまだ疑わしげな顔をしている。「本当に分かったんですよね?」

僕は腕を組んだ。確かに、百五十円から十八万五千円では範囲が広すぎる。だが、よく考えてみればもう少し絞れるのではないか。

とりあえず、分かることだけを言ってみる。「……二百円や三百円っていうことはないですよね。それだったら旦那さん、瞳さんに言うと思います。『三百円だから許して』って」

ところが、伊神さんはいきなり首を振った。「それはどうかな。仮に、本当に三百円だったとしても、正直にそう言って瞳さんが信じてくれると思う?」

「そうか……」普通なら、「嘘をつけ。本当はもっと高いんだろう」と勘ぐるところである。

「確かに、僕だったらそれじゃ許しませんね。『三百円だから』で許したら、五百円、千円、ってどんどんエスカレートしていくに決まってます」

「葉山《はやま》君、なんか口うるさい嫁みたいだな」七五三木先輩が苦笑した。「まあ、言ってることは当たってるけど」

「瞳さんの旦那さんはマニアで、もうすでにいっぱい持ってるわけですよね」今度は柳瀬さんが言った。「じゃ、そんな安いのは欲しがりませんよね? 友達の人もレアって言ってたんだし、絶対、買っちゃいけないけどこれだけはどうしても欲しくて、っていう逸品ですよね。じゃ、少なくとも何万円かは」

「分からないよ。何万円もするはずの逸品が数百円で売られていたからこそ、欲しくて仕方がなかったのかもしれない。店の人間が、実はプレミアものだっていうことに気付かずに安値をつけている可能性もあるしね」

「そうか」柳瀬さんはうなだれ、ポテトを三本同時に取った。ポテトがなくなった。

「友達の人がたいして驚いてないってことは、一万円とかはしないんじゃないですか？」

僕は言ってみたが、伊神さんはやはり首を振った。「友人はメタモデについてほとんど知らないけど、瞳さんの旦那さんがコレクターであることは部屋を見て知っていたはずだよ。コレクターのつける値段なんだから、たとえば五十万円と言われた場合でも『そういうものなんだろう』で済ませる可能性がある」

「……確かに」

値段を当てるどころか、絞ることもできない。僕は唸《うな》るしかなかった。

僕以外の二人も手詰まりの様子である。七五三木先輩は最初から考える気がない様子で携帯を出しているし、柳瀬さんは「しょっぱいの食べたら甘いのが欲しくなった」と言って七五三木先輩のジンジャーエールを飲んでいる。

「……そもそも、根本的に発想が違う気がします」

僕が言うと、柳瀬さんがグラスを置いてこちらを見た。僕は視線を感じつつ続ける。「伊神さんは具体的に値段が分かった、って言ったんです。だったら、今やったみたいな『範囲を絞る』やり方じゃないんじゃ」

「そりゃそうだよ」

伊神さんは同意してくれたが、僕にはそれ以上のことが分からない。範囲を絞ることもできないのに、値段を特定することなんてできるのだろうか。

伊神さんはしばらくの間、唸る僕を黙って見ていたが、どうやら埒《らち》が明かないと判断したらしい。小さく息をつくと、人差し指でテーブルをとん、と鳴らした。「ヒントはここだよ。瞳さんの旦那さんは、『いくらしたの』と訊かれて値段を言わず、『こんな感じ』と答えている」

「はい」

「つまり、旦那さんはどういうやり方で友達に数字を示したの？」

「それは、普通に……」僕は自分の両手を見て、伊神さんに右手の指を三本、立ててみせた。

「こう、指で示したんでしょう」

「そうだよね。ということは？」

「っていうことは……」僕は指を立てたまま考えた。「あっ、こういうことですか？　口で言わずわざわざ指で示したっていうことは、口にするのがはばかられるような高額」

「だから、そうじゃないんだってば」

「あっ、……そうでした」絞る、という発想ではない。値段は特定できたはずなのだ。

伊神さんは肩を落としたが、続けて説明してくれた。「一番重要なのは、『こんな感じ』と示して、友人がすぐに理解したということだよ。つまり旦那さんは値段を紙に書いて見せたのでも、そこいらにある数字を指さしたのでもない。そうであれば友人は、『えっ？』って訊き返すぐらいはするしね」

「はい」そもそもわざわざ紙に書く理由がないし、そこいらに見える数字がたまたま値段と一致するようなこともないだろう。

「確かに、指で示した、というだけじゃ一見、具体的な数字は分からない。十本の指を使えば一〇二四通りの数字が作れるしね」伊神さんは両手の指を何本か立て、「これが七一八ね」とやってみせた。「でも、旦那さんはもちろんそんな方法は使っていない。友人の側には予備情報が全くなかったんだからね。だとすれば、旦那さんは普通に、十本の指を立てることで数字を示した、ということになる」

「はい」僕は自分の手を見た。柳瀬さんを見ると、彼女も同じようにしていた。

「もう一つのポイントは、友人の方は『アルファ』の価格帯を知らなかった、ということだよ。現実には価格帯は百五十円から十八万五千円だけど、友人の方は三十万とか、百万もありうる、と認識していた」

「はあ」

「にもかかわらず友人は、旦那さんが指で示した数がいくつなのかを一発で理解している」

伊神さんはそこまで言って、僕の目を見た。

僕は視線を落とし、指を折ったり立てたりしながら考えた。そして気付いた。

「分かりました！」

つい大きな声が出てしまった。伊神さんが顔をしかめるのを見て、僕は周囲を見回して首をすぼめた。さっきの店員さんがこちらを見ていたが、僕が頭を下げると笑顔で会釈を返してくれた。内心ではどう思われているのか分からないのだが。

僕は伊神さんを見て、言った。「分かりました。確かに、具体的にいくらなのかまで判断できますね」

伊神さんはやれやれという様子で頷き、ね、と言った。

「普通に指を立てて示したとしたら、数字は一から十までしか示せません。たとえば左手の指を三本、右手の指を二本立てる、というやり方もありますが、それでは『二三』なのか『三二』なのか『五』なのか、はっきりとは判断できないはずですから」僕は説明しながら、斜め前の七五三木先輩と隣の柳瀬さんに目をやる。七五三木先輩は黙ってジンジャーエールを飲んでいるが、柳瀬さんは僕同様に指を折ったり立てたりしている。

「ですが、普通に指を立てて示したとすると、問題が出てきます。ただ指を」僕は右手の指を二本立てた。「こう立てただけでは桁《けた》が分からないんです。たとえば二本なら、二千円なのか二万円なのか分からない」

柳瀬さんはああ、と言ったが、すぐに眉をひそめた。「それだって、二千円ってことはないな、って思うんじゃない？　七、八千円ならともかく」

「でも、二十万円である可能性は残ります。友達の人は価格帯を知らないんですから」僕は立てた中指を折って握った。「指で示しただけだと、指一本が『一万円』を示すのか『十万円』を示すのかが分かりません。たとえば指を九本立てているのを見て『九十万』とは思わないかもしれませんが、その場合は『九千円』か『九万円』かで迷うでしょう。これはさっき言った、左手の指を三本、右手の指は二本……というやり方をしたとしても同様です。それなのに友達の人は『それ、いくら?』と訊き返すこともなしに、いくらなのか理解しているんです。指で示す十パターンのうち、桁がいくつなのかで悩まなくていいパターンは……」

柳瀬さんが目を見開き、両手の指をすべて開いて僕に見せた。僕は頷いた。「そうです。両手の指をすべて立ててみせた状態……つまり『十』です。『十』が十円や十億円ということはないでしょうから……」

「……十万円」

柳瀬さんはそう言って、それから顔をしかめた。「あちゃあ」

百五十円から十八万五千円の間なら、これしかありえない。「その額なら隠すのも当たり前だし、金額を口で言うのがはばかられるのもまあ、分かりますよね」

ワンテンポ遅れて、指を折ったり立てたりしていた七五三木先輩が「おお、なるほど」と呟《つぶや》いた。

「まあ、そういうことだね」伊神さんは澄まし顔でアイスティーを口に運び、僕を見た。「君も大分、一人でまとめられるようになってきたね」

「いえ、まあ」この三人の中で一番に分かったというのが嬉しく、つい笑みがこぼれてしまう。

ている。

「ところで柳瀬君。僕はもう一つ気になってるんだけど」

伊神さんは柳瀬さんを見た。柳瀬さんはといえば、顔をしかめたまま眉間《みけん》に人差し指を当てている。

「どうして瞳さんは、君に訊いてまで値段を知りたがったの？　旦那さんとの約束は『買わないこと』だったと思うんだけど」

言われてみればその通りである。瞳さんだって数百円のものだとは思っていなかっただろうし、そうであれば価格はそれほど問題ではないはずだ。

「そこなんですよねえ」柳瀬さんは眉間に人差し指を当てたまま唸った。「瞳さん『もし五万以上だったら別れる』って言ってて……」

「うわ」

「あーあ」

僕と七五三木先輩はそれぞれ顔をしかめたが、伊神さんは平然としていた。「じゃ、離婚だね」

「いや、ちょっと待ってください。今のは推理で、本当に十万なのかどうかは」

僕は慌てたが、伊神さんは無表情のままである。「まあ、あとは当人たちが決めることだしね」

「ちょっ、伊神さん、まずいですよ」

「何が？　それで別れるっていうなら、そうすればいいんだし」

他の可能性があるかもしれない、断言はできない、と急いで付け足す僕に対し、伊神さんはあくまで平然としたままアイスティーを飲んでいた。

翌日、柳瀬さんが報告してくれた。瞳さんは旦那さんと大喧嘩はしたものの、なんだかんだいって別れるまではいかなかったらしい。それを聞いた僕はほっと胸を撫でおろしたが、まあ、落ち着いて考えてみたら、世の中、別れなかったからめでたし、という場合ばかりではないだろう。瞳さん御夫婦が今後どうなるのかについては、僕が考えても仕方のないことだった。

今日から彼氏

文化祭に出品する作品の参考にするためインターネットで蝶の動画を集めていたら「芋虫が葉っぱをひたすら食べ続ける動画」というものを見つけてしまい、なんとなく見続けてしまった。アゲハチョウのものだと思われる青々とした芋虫は短い脚と小さな口をもぞもぞと動かし、一心不乱に青葉を食《は》んでいた。二分が経ち五分が経ち、十分が経って動画が終わりに近づいても、芋虫は一瞬たりとも休まずに葉っぱを食べ続けている。

それを見ながらふと考えた。食べることしか頭にないように見えるこの芋虫は、自分がいずれ蛹《さなぎ》になり、蝶になって空を飛ぶ日が来ることを知っているのだろうか。どう見ても別の生き物にしか見えないのに、蝶になった自分の姿を想像することができるのだろうか。蛹になる前には、自分もそろそろ蛹にならなければな、などと考えるのだろうか。それとも、蛹になる日は本人が知らないうちにいつの間にか訪れていて、芋虫は自分の体に起こったわけのわからない変化に内心パニックになりながら、慌てて蛹になる場所を探すのだろうか。

蝶の方はどうなのだろう。空を飛ぶ蝶は、自分が昔、葉っぱにへばりついて芋虫をやっていた時の気持ちを覚えているのだろうか。

画面の中の芋虫は、まだ無心に葉っぱを食べている。

＊

突堤の上を少し俯《うつむ》き加減で歩いていた柳瀬《やなせ》さんが立ち止まり、ほんの少しだけ後ろを気にする様子を見せて振り返りかけ、それから自分の爪先に視線を落とす。何かを言おうとしてためらい、自分から口を開くべきか、相手の言葉を待つべきか迷っているようだ。風が吹き、制服のリボンとスカートをはためかせる。

風がやむと、それを待っていたように柳瀬さんが口を開いた。「……帰ってきてくれるの？」俯いて呟《つぶや》くような調子だがよく聞こえる。言いたくてもはっきりとは口に出せないいろいろな感情を一所懸命に押し殺した声だ。それがあまりに健気《けなげ》に響くので、少し離れて見ている僕は喉の奥で唸《うな》った。なるほどこれは駆け寄って抱きしめたくなる。

そう思った瞬間、七五三木《しめき》先輩が柳瀬さんに駆け寄り、後ろから彼女を抱きしめた。その動作があまりに情熱的なので見ている僕は少しぎょっとしたが、柳瀬さんの方は回された七五三木先輩の腕を愛おしげに撫でると、ほっとしたように微笑んで彼に背中を預けた。

「帰ってくる」七五三木先輩が腕に力を込め、予想外にはっきりした声で言う。「……海鳥が歌う季節にまた、帰ってくる」

柳瀬さんは幸せそうに頷く。それから二、三秒の沈黙の後、やはり二人から少し離れた場所で、モニターを見ていた塚原《つかはら》君が声を張りあげた。「ＯＫです」

周囲のスタッフ陣が緊張を解き、ある者は大きく伸びをし、ある者はしゃがみこんだ。「終わったあ」

撮影中なんとなく息をひそめていた僕もようやく解放された気になり、その場にへたりこんだ。地面に手をつき、コンクリートのあまりの熱さに慌てて手を離し、空を仰《あお》ぐ。青空が広がり、真っ白な太陽が燃えている。海辺の日差しは照らすというよりは焼きつくそうとしているようで、下手にそこいらの物に触ると火傷《やけど》をしかねなかった。

七五三木先輩の腕から逃れた柳瀬さんは体を折り、ぶはあ、と深く息を吐いた。「あっつい。死ぬ。辻《つじ》ちゃんちょっとこれ、大丈夫？　私ドーラン流れてなかった？」

「大丈夫です。お疲れ様でした」今回の撮影では衣装兼メイク係に回っている辻さんが柳瀬さんに駆け寄ってタオルを渡し、監督の塚原君を振り返る。「これで全カット終了だよね？　メイク落としちゃって大丈夫？」

「終了です！」塚原君は両手を広げ、叫んだ。「クランクアップです！」

歓声があがった。ガッツポーズをする人。跳び上がる人。天に向かって拳を突き上げる人。手近な仲間と抱きあう人。皆が思い思いの方法で喜びを表現する。

「お疲れ様でした！」塚原君が声を張りあげると、一斉に拍手が起こった。塚原君は帽子を取って皆に頭を下げ、スタッフにつられて一緒に拍手してくれている海水浴客のカップルにも最敬礼をすると、また声を張りあげた。「撤収！」

全員がわらわらと動いて機材を片付け始める。突堤の根元に立ち、通行人に頭を下げて「交通整理」をしていた僕も周囲の人に礼を言って突堤に上がり、ケーブルを巻きにかかる。何しろこの炎天下だから、機材はただ出しておくだけでも心配なのだ。

「お疲れ。葉山《はやま》君、ありがとな」七五三木先輩がタオルで汗を拭きながら振り返り、よく通る声で言った。その隣の柳瀬さんも汗を拭きつつ振り返る。

「お疲れ様でした。暑さをこらえるの、大変だったんじゃないですか?」

「頭がくらくらしたよ。かといって暑そうにできないしな」七五三木先輩が笑う。台本上は六月上旬という設定なので、役者は暑そうにしていてはいけないのである。ひどい話だが、映画の撮影ではままあることらしかった。

「七五三木が呼吸、荒いのなんのって」柳瀬さんは七五三木先輩を親指で指して笑う。「抱きしめてきた時、耳に息がかかるかかる。もう、くすぐったくてさあ」

まともにそういう話をされるとどうも、こちらがどきりとしてしまう。しかし曖昧《あいまい》な笑みを浮かべる僕に対して、七五三木先輩は快活に笑っている。「ごめん。いや、暑くてもう」

七五三木先輩はタオルで額を押さえながら付け加えた。「まあ、ちょっとドキドキした」

「やっぱりそうなんだ? 撮影中、なんかこいつ興奮してねえ?って思って気持ち悪かったんだけど」台詞《せりふ》とは裏腹に、柳瀬さんは隣の七五三木先輩を楽しげに見上げる。「そういえばなんか、妙に力がこもってたよね?」

「ま、そこはあれだ」

適当にごまかした七五三木先輩は、後ろからスタッフに呼ばれて振り返り、行こう、と柳瀬さんを促して歩き出した。基本的にフットワークの軽い人らしく、所作も爽やかだ。

ただ、柳瀬さんの背中に添えられたこの人の手は、何かすごく優しげだった。

それがなんとなく気になって二人の背中を見ていると、視界の端に塚原君が出現した。「葉山、あれ、いいの？」

横を見ると、塚原君は前を指差し、窺《うかが》うように僕を見ていた。彼の指さす先には柳瀬さんと七五三木先輩の背中がある。

「え、あれって何？」

「何って、だって葉山、たしか柳瀬さんの」塚原君は二人の背中と僕の顔を交互に見て、首をかしげた。「……愛妾《あいしょう》だっけ？　なんかそういうふうに聞いたんだけど」

「何だよそれ」

後になって振り返れば、これが始まりだった。


缶ジュースが全員に行き渡ったのを見計らい、今はTシャツにショートパンツという楽な恰好に着替えた柳瀬さんが声をあげた。「はあい、みんな準備いい？　撤収作業完了した？」

なんとなく柳瀬さんを中心に集まっているスタッフたちが、おう、とかいえーい、とかいった言葉をそれぞれに発して彼女に答える。

柳瀬さんは皆を見回す。「えーみなさん、『海鳥の詩』本日をもって全カット撮影終了、オールクランクアップとなりました！」

周囲からまたいくつか、いえーい、という声があがった。

「あとは編集作業ですが、とりあえずひと段落です。みんなお疲れ様。みんなのチームワークのおかげで、今のところタイムスケジュール通りの進行らしいです。お見事！　それじゃ、ここまでのみんなの仕事ぶりと、暑い中直立不動を強いられたレフ板新井《あらい》君と、シーン⑯の撮影中ドブ川に転落したカメラマン鈴木《すずき》君と」周囲から笑いが起こる。「この空と海と太陽に乾杯！」

乾杯、と声が揃う。掲げられた缶ジュースがあちこちでぶつけられ、がち、がち、と音をたてた。僕も両隣の映研部員と缶をぶつけ、買っていくらも経っていないのにもうぬるくなりだしたジュースに口をつけた。

撤収作業を終了させた後、砂浜に移動して乾杯した。別に映研部員ではなく、主演女優とはいえ助っ人の演劇部員に過ぎない柳瀬さんがなぜ乾杯の音頭を取っているのかはよく分からないが、もともとこの人にはいつの間にか人の輪の中心になってしまうようなところがある。現に乾杯後の今にしたって、共演した七五三木先輩と並んで花束を受け取る彼女は、先に花束を受け取った監督の塚原君より明らかに目立っている。裏方以外は絶対に嫌、という僕とは基本的に違う人種である。

裏方らしくゴミ袋を持って皆の飲み終えたジュースの缶を回収していると、塚原君に肩を叩かれた。「よ。葉山、いろいろありがとな。最初はコンテマンだったはずなのに、結局ここまで手伝ってもらっちゃったな」

僕は最初「絵が描ける」という理由で絵コンテ制作を頼まれたに過ぎないのだが、結局なんだかんだでここまで手伝ってしまった。「いや、楽しかったよ。撮影現場の雰囲気ってなんかいいよね」

「でしょ？　そのうち出演したくなるよ。絶対」柳瀬さんがやってきて、僕の持っているゴミ袋に空き缶を投げ入れた。「今日はお疲れ様。編集作業中にまた呼ぶかもしれないけど、よろしくね」

「了解です」どうせ断れまい。僕は頷いた。

「よし」柳瀬さんは一つ頷くと、海の方を向いた。「じゃ、今日は遊んでこうか」

柳瀬さんがそう言うなりTシャツをまくりあげたので僕は驚愕したが、Tシャツの下からは鮮やかなパステルカラーの水着が現れた。

「……なんで水着なんか」

「え？　だって葉山くん、その恰好で泳ぐつもりなの？」ショートパンツを脱ぎながら、なぜか柳瀬さんの方が怪訝《けげん》な顔をしている。

「いえ、泳ぐ、って」

「はいこれ。私のバッグの上に置いといてくれればいいから」柳瀬さんは脱いだ服を僕に差し出し、それから眉根を寄せる。「ひょっとして葉山くん、水着持ってきてないの？　だって、今日の撮影は昼の十五カットしかないって聞いてなかった？」

「それは聞いてましたが……」

そういえば、乾杯していた部員たちはいつの間にかいなくなっている。どこに行ったのかと思って周囲を見回すと、更衣室とおぼしき建物のあたりに順番待ちの部員たちが固まっていた。

最後尾に並んでいた辻さんがこちらを振り返り、柳瀬さんを指さした。「あー！　柳瀬さんずるい！」

「へっへー。さっき衣装から着替えるついでに下に着といたもんね」

柳瀬さんは辻さんに手を振ってからこちらを向いて腰に手を当て、「どう？」と言って見せつけるように胸をそらす。じっと見るのもいけないだろうが露骨に顔をそむけるのもどうか、と思い、僕は目のやり場に困った。「いえ、ええと」

「おっ、柳瀬その水着可愛いね」

僕が困っていると、すでに水着に着替えている七五三木先輩と、準主役だったもう一人の三年生が声をかけてきた。柳瀬さんは「でしょ？」と言って自慢げにポーズをとる。

「本当だ。似合う」

「柳瀬スタイルいいね」

「まあね。このために何日お菓子を我慢したか」

柳瀬さんは男子二人に左右から褒められつつ、彼らと一緒に海の方に行ってしまう。僕が声をかけるでもなく見ていると、くるりと振り返って笑顔で言った。「葉山くん、荷物番頼んでいい？　ついでに目の保養しててていいから」

はい、と答えると、柳瀬さんはこちらに手を振り、むこうを向いてしまった。左右の男子二人はこちらを見もしない。

やれやれ、と溜め息が出た。波打ち際までは何十メートルもないのに、なんだか置き去りにされたような気分である。真正面で輝く太陽が眩《まぶ》しく、僕は柳瀬さんの背中を見送るのをやめて海に背を向けた。まあ、いい。僕はどうせカナヅチであるし、明朗でも快活でもないので青空の下よりは日陰の方が似合っているのだ。

ややいじけてそう考えながら誰かが手回しよく用意したビーチパラソルの下に向かうと、パラソルの影の中に先客が一人いた。夏に不向きなロングヘアを後ろで束ね、砂に膝をついて日陰に集めた皆の荷物を整理している女子。名前は思い出せないが、役者ではない。脚本だか演出だかの人のはずだ。そしてどうやら彼女は、誰かの脱いだ服を受け取ってバッグにしまっているらしい。つまり僕の同類である。

「お疲れ様」

とりあえず無難な挨拶をすると、彼女は少し驚いた表情を見せて振り向いた。「……葉山君」

申し訳ないことに彼女の名前は覚えていない。僕はとにかく腕にかけた服を見せて、自分も同類であることを示した。「水着持ってきてなかったから、荷物の番してることにした」

彼女は僕を見上げ、ふわりと微笑んだ。「私も」

「泳げないしね」

「私も」

やはり同類らしい。なんとなくほっとしたが、名前が思い出せない。僕はしばらく彼女と並んでバッグの列に目をやり、柳瀬さんのバッグを捜した。

「葉山君、辻さんのバッグってどれか分かる？」

「あ、たぶんそれ。その大きいやつ」

「ありがと」

「あれ、この携帯誰の？」

「それ多分、柳瀬さんのだと思う。柳瀬さんのバッグってあった？」

しゃがんで作業をしていた彼女は立ち上がってパラソルを見上げると、機材の入ったバッグの位置をずらし始めた。パラソルの影は小さいので、直射日光を当てるべきでない機材を優先して影に入れなければならない。僕が無言のまま手を貸すと、彼女は小さく、ありがと、とだけ言った。

そのまま並んで作業をする。彼女はあまり饒舌《じょうぜつ》な人ではないらしく、必要なことしか喋らなかった。僕は彼女の名前を思い出そうとして何度か横顔を盗み見たが、駄目だった。映研部員はわりとたくさんいるので、全員の顔と名前が一致するわけではない。

何度目かに横目で見ると、彼女もこちらを見ていて目が合った。僕は少しどきりとしたが、彼女はどことなく挑戦的な微笑みを浮かべて言った。「脚本の入谷《いりや》菜々香《ななか》です。葉山君、隣のクラスだよね？」

「あ、そうか。ごめん」頭を掻《か》く。どうやら名前を思い出せなかったことは見抜かれているらしい。「そうだ。脚本だったよね」

「撮影の時は、ずっと裏方だったから。でも」入谷さんは手を止め、僕の目を覗《のぞ》き込むように見ると、少しだけ間をおいてから言った。「私は、前から知ってたよ。葉山君のこと」

どう反応してよいか分からず、僕は無言で彼女を見た。

これは一体どういうことだろう、と僕が戸惑っているうちに、入谷さんはまたさっさと手を動かし始めた。皆の荷物を並べ終え、直射日光を避けるべき機材が影の中に収まっているのを確かめると、傍《かたわ》らの段ボール箱を開けて残っていた缶ジュースを出してきた。「残ってるの、飲んじゃわない？」

「あ、うん。ありがと」

入谷さんは僕に缶を渡すと、バッグをうまく寄せて日陰の中に作ったスペースに座った。座って僕を見上げるので、とにかく僕も隣に座る。

座ったはいいが、特に親しくもない入谷さんと何を話したらよいか分からない。沈黙にあまり耐性がなく、かといって何でもいいからとにかく適当に喋る、ということもできない僕は、何か喋った方がいいのかなあ、と悩みながらとりあえずジュースを飲んでいた。入谷さんの方も、遊ぶ人たちを無言で眺めている。

平日とはいえ夏休み期間中であるから、人はわりといた。子供連れと学生らしきグループが多いようだ。子供たちは元気一杯で走り回り、親たちは笑顔で子供の名前を呼ぶ。学生らしきグループも楽しそうだ。波打ち際ではビーチボールを用意していた塚原君がセパタクローのスパイクに挑戦してひっくり返り、その沖ではバタフライを披露する七五三木先輩に柳瀬さんたちが拍手を送っている。僕たちだけが黙っていた。

遊ぶ人たちをただ黙って眺める、という行為はこれはこれでなかなか飽きないものなのだが、客観的に見ればあまりに陰気である。せめて何か喋るべきだろうが、何を喋るべきか。ジュースを飲み終わってしまっていよいよ手持ち無沙汰になった僕は、とりあえず今のうちに妹に帰りが遅くなることをメールしておこうと思い、携帯を出した。

携帯をいじっていると、隣で膝を抱えて海水浴客をぼんやり眺めていたはずの入谷さんが、いつの間にか僕の手元を見ていた。「これ、可愛いね」

画面から視線を移すと、膝を抱えたまま手を伸ばし、彼女は僕の携帯のストラップをつまんだ。可愛らしくデフォルメされたイルカがハート形のビーズを抱いているストラップである。

僕は携帯を閉じる。「妹が買ってきてくれたんだ。臨海学校のお土産《みやげ》」

「妹、いるんだ」

「うん。三つ下」

入谷さんは、と訊こうとしたら、彼女はひょい、と手を出した。「ね、ちょっと携帯、貸して」

「あ、うん」

どうするのだろうと思ったら、彼女は受け取った僕の携帯をかたかたと操作し始めた。何をやっているのかを訊くべきか否か僕が悩んでいるうちに、入谷さんは画面を見て何かを確かめると、はい、と僕に返してきた。

「どうしたの?」

「私のアドレス、入れといたから」

「あ、ああ。うん」僕は閉じた携帯をまた開く。「あ、じゃあ僕のも教えとく。空メール送るから」

「うん」入谷さんは笑顔になり、座ったままくるりと後ろを向いてバッグから携帯を出した。

「届いた?」

「うん。今届いた」

僕が携帯をしまっても、入谷さんは笑顔のまま、まだ携帯の画面を見ている。どう声をかけたものか分からず、僕は正面の砂浜に視線を戻した。

しばらく黙って砂浜を見ていた。波の音や子供のはしゃぐ声と混じって、クランクアップの解放感ゆえか興奮状態になった部員の叫び声も聞こえてくる。

「……水着、持ってくればよかったね」

僕が言うと、入谷さんは少し間をおいて答えた。「私、持ってこなくてよかった」

隣の入谷さんに視線をやると、彼女はじっとこちらを見ていた。目が合うと、彼女は微笑んで、一拍おいてから言った。「葉山君と二人になれたし」

僕はまたもや、どう反応してよいか分からず沈黙した。

夕食後、僕はいつものようにテレビを見ず、桃があるから食べるかと訊いてきた母にも「後で」と返して部屋に閉じこもった。入谷さんのことを考えなければならなかった。ベッドにどさりと倒れ込んで、しばし息を止める。そして頭の中で確認する。

彼女はどうやら、僕のことが好きらしい。

昼間のやりとりからすれば明らかだった。少なくともそう断じて自意識過剰と言われるおそれのない状況だろうし、逆にあれほどはっきりと示されておきながら「まさか自分なんかが」と否定したらそちらの方が無理があり、いやらしい態度、ということになるだろう。

そう考えてしまうとますます落ち着かなくなった。嬉しさももちろんある。だが正直なところ、僕の気持ちの大部分を占めているのは「どうしよう」という不安感だった。

客観的には喜ぶべきことのはずだった。あらためて思い出すに、目立つ人でなかったから気付いていなかっただけで、ちゃんと見ると入谷さんはかなり可愛い。それが何の間違いなのか、むこうから近づいてきてくれたのである。こちらは何もしていないのに空から女の子が降ってくるなんていうのは、買ってもいない宝くじが当たるようなもの。僕はそう思っていたのだが、どうも現実というやつは、いい方向にも想像とは違ってくれるものらしい。

だが不安だった。具体的には、もし入谷さんが本気で告白でもしてきたらどうしよう、と不安だった。

僕は目立たない人間のはずだった。たまたまいろいろな部活とつきあいがある今の状態にしたって、なりゆきでそうなったに過ぎないのだ。誰かから「気軽にものを頼める便利な人」という以上の意識で見られることを期待するのは無理というものだったし、そのことをわきまえて慎《つつ》ましく人間関係をこなしていくのは、それはそれで気楽だった。主役にならないのだから、凡庸で、よく見てみるとつまらない人間だったとしても一向に構わないはずだった。

だが入谷さんに対しては、それでは済みそうになかった。正直なところ、どうしてよいか分からない。なんで僕なんかに、と思うが、しかしそれを言ってもどうしようもない。

立ち上がって窓の外を見ようとしたが、外が暗いせいで、ガラスに映った自分の顔が見えただけだった。自分の顔を見ながら考えた。もし入谷さんが告白してきたら、僕に彼女ができることになるのだろうか。この僕に。いや、もちろんそれは、僕が承諾したらの話なのだが。

僕が考えていると、充電器に挿しておいた携帯が鳴り、メールの着信を告げた。ぎくりとして首をすぼめながらも、僕はなぜか大急ぎで電話機を取った。入谷さんだろうか。

(from) 柳瀬沙織
(sub) (件名なし)

柳瀬さんからメールが来るのは珍しいことだった。この人は無意味なメールのやりとりを嫌うし、大抵の用件は口頭で済ませてしまう。本人いわく、メールだと言葉のニュアンスを伝える手段がなくて不便するし、かといって顔文字を使うとニュアンスがステレオタイプになってしまって嫌なのだとか。ただの天邪鬼《あまのじやく》という気がしないでもないが、それだから尚更、この人がわざわざメールを送ってきたということが不思議なのだ。

だが送られてきたメールを読んだ僕は、すとんと納得した。


いきなりで悪いんだけど、明日からはもう、普通に話したりできないかもしれません。今日、見てた？　帰り際、七五三木君につきあおうと言われました。いいよ、って答えました。

彼があなたのことを気にしているので、友達だと答えました。嘘をつくわけにはいかないから、明日からはもう、私の方からは馴れ馴れしく話しかけたりしないつもりです。勝手なことを言って悪いんだけど、できれば、あなたの方もそうしてください。

一方的にこんなことを言ってごめんなさい。でも、あなたの方も近いうちに彼女ができると思うから、私がうろうろしていたらいけないと思います。あの子はいい子だし、あなたのことがずっと好きだったみたいだから、優しくしてあげてね。

またいつかそのうち、友達として話ができたらいいと思います。夜中に長文でごめん。


目の前でばたりと扉を閉じられ、閉め出された気分だった。これに似た気分を以前、味わった気がすると思って記憶を探ると、出てきてたのは高校受験の記憶だった。もしかしたら受かるかもしれないと思って受けた難関校の合格発表を見て、見事に落とされているのを発見した時の記憶だ。思い出したもののくだらなさに、なんだそんなものかと僕はひとり笑った。

随分と無駄に気を遣ってくれたものだ、と思う。もともと僕に対しては何の義理もないはずなのに。この丁寧さといい、件名なしの長文メールといい、なんとも柳瀬さんらしくないこのやり方は、彼女なりにいろいろと悩んだ結果なのだろう。僕は、速やかに返信した。

(to) 柳瀬沙織
(sub) 了解しました。
わざわざありがとうございます。別にストーカーにはなりませんので大丈夫です。
これ以上は思いつかなかったが、これだけで送るのは気が引けたので少し付け足した。
おめでとうございます。うまくいくといいですね。

それからすぐに送信した。これだけなのになぜか、送信し終えた僕は十キロも走った後のように疲れていた。息を吐いて、床に横になる。天井の電灯をまともに見ると眩しいので目を閉じた。握っていた携帯がすぐにメールの着信音を出した。なんとなく面倒臭く感じながらも開いてみた。

(from) 柳瀬沙織

(sub) Re：了解しました。

ありがとう。そっちもうまくいくといいね。

それだけだった。まあ、そんなものだろう。

七五三木先輩ならお似合いだろう。背も高いし、運動もできるし、なかなかに社交的で爽やかな人だ。柳瀬さんとは同じタイプの人だし、僕とは違うタイプの人だ。僕はもっとごろりと横向きになり、携帯を閉じる。僕は陰性の人間だ。たとえば、入谷さんのような。

メールで触れていた「あの子」は、間違いなく入谷さんのことだ。今日のことを見ていたのかもしれない。あるいは柳瀬さんは大分前からもう七五三木先輩とつきあっていて、ただ単に今日の僕を見て、メールを送っておこうという気になったのかもしれない。今となってはどうでもいいことだが。

それより、どうやら僕の方も、そろそろ変化がやってくる状況になっているらしい。

僕はこれまで、彼女のできた自分というものを想像したことがなかった。しようにも想像がつかなかった。周囲に彼女持ちの友人はいくらでもいたが、それは僕とは違う種類の動物だと思っていたし、そんなふうに思っている限り一生彼女はできないだろうと思っていた。彼女ができるのは、僕自身が今からは想像もつかないような大人になってからだろうと、漠然と考えているだけだった。なのに柳瀬さんは、近いうちに僕に彼女ができると言う。今とは別人のようになったいつかの僕ではなく、今の僕に。なんとも現実味のない話だった。

のっそりと立ち上がって窓のカーテンを閉める。机の上のクロッキー帳が開いていて、文化祭に出品する予定の蝶の絵のラフが目に入った。蝶の右下には芋虫のスケッチが描いてある。

こいつらもきっとそうなのだろうと思った。芋虫たちはきっと、自分が蝶になることを想像したことなどないまま成長しているのだ。蛹になる日は彼らが気付いていない間に近づいてきていて、芋虫たちは突然訪れた変化にさんざん戸惑った後で、現実はこんなものだ、などと呟《つぶや》くのだろう。

それから三日の後、僕に彼女ができた。

美術部は部員が僕一人であるし、美術室のある別館は夏休み中でも午前七時頃から午後六時頃まで開いているから、僕は毎日、適当な時間に行って、夕方まで絵を描くか、手伝いを頼まれている他の部活に顔を出して帰るのが日課になっていた。その日は午前九時半に美術室に着いたのだが、戸の上部にはめこまれたガラス越しに中を見ると、立てっぱなしのイーゼルの横に入谷さんがいた。

本館の陰になるから、午前中の美術室は日差しが入らず薄暗い。しかし彼女は明かりをつけず、鞄を肩にかけたまま、イーゼルに載せたままの僕の絵を見ている。

戸を開けると彼女が振り返った。薄暗いため表情ははっきりとは見えなかったが、普通の用件でないことは雰囲気で分かった。無言でこちらを見ている彼女に、僕も無言で近づいた。

「おはよう」

僕が言うと、彼女は僕をじっと見たまま挨拶を返した。それからカンバスに視線を戻した。

「これ、いい絵だね」

「……ありがとう」絵を褒めてくれる人はたまにいる。褒められるといつも、照れくささのあまりどう反応してよいか分からなくなる。

入谷さんは絵を見たまま言った。「私、この絵、好き。葉山君の絵の中で一番好きかも」

「あ、ありがとう」実は今度のこれは自信作で、と喋りだしかけた僕は、あれ、と思って沈黙し、それから訊いた。「一番、って、その……」

「ごめん。これまでの絵も、こっそり見てた」

入谷さんはそう言ってはにかんだきり、沈黙した。

彼女が絵の話をしにきたのでないことは分かっていたが、僕はどうしようか迷った。普通なら「用件は」と尋ねるところだろうが、もし僕が想像しているような用件なら切りだすのに勇気がいるはずだから、急かすのは気が引ける。それならいっそ僕から切りだそうか、とも思うが、もし勘違いだったら、と思うと怖い。

「葉山君、あの」

結局、彼女が言ってくれた。一日言葉を切り、上目遣いで僕を覗き込むように見る。「前から、ずっと……思ってたんですけど」

なんで丁寧語なんですかと思ったが、軽々しく口を挟める雰囲気ではない。僕は気をつけをして聞いていた。

入谷さんは視線を落とし、吐き出すように言った。「私とつきあいませんか？」

予想していたとはいえ、僕は硬直した。無言で待っている彼女の瞳がかすかに揺れている。断る理由は何もなかった。僕は頷いたが、何と言ってよいか分からず「こちらこそ、よろしく」と間の抜けたことを言ってしまった。しかしそれでも、彼女はほっとした様子を見せ、どこか疲れたように顔をほころばせた。不安と緊張で本当に疲れているのかもしれない、と思うと、僕なんかに対してあまりに勿体ないことだと、なんだか申し訳なくなった。

実際、申し訳ないところもある。その後しばらく話をしていたのだが、彼女は一年生の時から僕を知っていたこと、美術室で絵を描いている僕を廊下から見ていたこともあること、一度は美術部に入ろうと考えたことなどを話してくれた。一方の僕は彼女のことをほとんど知らなかった。僕と同じ陰性の人間らしいということ。動作はわりとてきぱきしていて要領がいいこと。皆が海に向かって駆け出したなら、黙って荷物番を買って出るような人であること。知っているのはそれくらいだった。

そしてそのことは、入谷さんも知っているはずだった。理屈から言えば、彼女の申し出に僕が頷いたのは、断る理由がなかったからに過ぎないのだと。それなのに、目の前の彼女は嬉しそうだった。僕も嬉しくはあったが、少し重圧も感じた。なるべく早く彼女のことに詳しくならなければ、と思った。

しばらく話した後、放送室で編集作業があるから、と言う彼女と別れた。夕方まで作業をするけど、終わったら一緒に帰ろう、というのが、彼氏になった僕が初めてした、彼氏らしい約束である。

夕食後、また部屋に引っ込んだ僕は、充電器に挿した携帯の前にあぐらをかいて思案していた。彼女にメールを送るべきか否か。

彼女がいる状態というものを想像したことがなかった僕は、彼氏という生き物が通常はどう振舞うのか、全く知らなかった。他人の恋愛にも興味がなかったから、彼氏彼女がいる人間が普段、どのように振舞っているのかも聞いたことがなかった。普通のカップルというものははたして、特に用がなくても毎日メールのやりとりをするものなのだろうか？

電話機は無言で充電器の上に鎮座している。僕は腕を組み、彼女にメールを送った場合、送らなかった場合双方のリスク計算をすることにした。

もしメールを送った場合、彼女は返信する義務を負うことになる。彼女は今現在していることを中断しなければならないし、いくばくかの通信料を負担し、返信に要するいくばくかの時間と、文面を考える労力を割《さ》かなければならなくなる。しかし、メールの内容は生活上特に必要ない、くだらないものなのだ。腹が立つのではないだろうか。

では送らなかった場合はどうか。もし彼女の方が、カップルというものは毎日メールのやりとりぐらいするのが当然、と思っていたら、夕方、僕がさよならと言って別れたきりメールの一つも送らなかった場合、がっかりするのではないか。そういえば昔、友人のミノこと三野小《みのこ》次郎《じろう》が「女ってのは相手が自分をどれだけ特別扱いしてくれるか、つまり自分のためだけにどれだけ金とか時間とか労力を割いてくれるかを一番気にしているんだ」と得意げに話していたのも覚えている。メール一つ送ってくれないのか、と思われてしまうのではないか。

僕は頭を抱えた。どちらを選択してもまずい気がした。こういう場合、他の人はどうしているのだろう、とも思った。入谷さんはどうでもいいメールを送られて邪魔だと思う人間なのか、メールが来ないことで寂しがる人間なのか。そんなことはまだ知りようがない。それとも通常、彼氏という生き物は人間にはない本能的な直感によって、メールを送るべきか否かを知覚して然《しか》るべきものなのだろうか。

悩んだ末、僕は「やらずに後悔するよりは、やって後悔した方がましだ」というどこかで聞いたような言葉を口にしてメールを送った。何を書いてよいかさっぱり分からなかったので、せっかくアドレスを聞いたから特に用件はないのだけどメールを送ってみたかった、とそのままを書いた。それ以外には書きようがなかった。携帯の画面を見たまま待っていると、すぐに返信があった。この短時間でよくこれほど、というほどの長文の上、顔文字やら絵文字やらが満開のメールであり、文面からどうやら彼女はメールをもらって嬉しいらしい、ということが分かった。僕は拳を握って「I made it《やった》!」となぜか英語で叫んだ。

大急ぎで再返信のメールを打ちながら、それにしてもメール一つ送るだけでこの気苦労となると、彼氏というものは随分大変なのだな、と思った。

実際、一般的なカップルの振舞いを知らない僕が彼氏をこなすのは大変だった。翌日からは、細かいことでいちいち迷い、決断した後も普通のカップルならこうはしなかったんじゃないか、と反省する、という繰り返しだった。

そもそも、「一緒に帰る」だけで大変だった。まず「一緒に帰ろう」と誘うか否かで悩み、誘うと決めたら次はどうやって誘うかで迷った。映研の編集作業のため彼女が放送室に来ているのは承知していたが、放送室に突入して哄笑《こうしょう》とともに彼女をかっさらう、といった悪役めいた真似は恥ずかしくてできず、僕はメールで遠慮がちに「何時まで放送室にいる?」と尋ねてから誘う、という迂遠な方法をとらざるを得なかった。校門のところで彼女を待ち、自転車を押してやってきた彼女と並んで歩き出してからは「二人とも自転車なのに並んで押しているだけというのは変ではないか」と悩んだ。彼女の家はどうやら僕の家と反対方向であり、合理的な下校ルートを選択した場合はせいぜい二、三百メートルしか一緒に歩くことができないことも知ったが、僕は「じゃあ僕はこっちだから」と言うタイミングが摑めずにどんどん家と反対の方向にずれていき、結果、家に着くまで一時間もかかったり、途中で道に迷ったりした。

そして毎日、メールを送るか否かでも悩んだ。彼女の方から来た日は「助かった」と思った。それでもとにかく頑張るしかなかった。彼女とつきあっている以上、僕はそつなく彼氏をこなせるようにならなくてはならなかった。

＊

天井ははるか上にあり、空間ははてしなく広い。鳥か何かが迷い込んだとしても、自分が建物の中にいることに気付かないかもしれない。そう思えるくらいに広い。来たのは初めてではないが、やはりこの広さには圧倒される。

成田空港第一ターミナル出発ロビー。新世界とか未来とか、そういったポジティブな単語が利用者の脳裏に浮かぶよう、計算されて造られているかに思えるスペースである。百を超すチケットカウンターが市場の店のように並び、千を超す人々が行き交い会話している。しかし狭苦しくも騒がしくもない。それほどに広い。

ゲートの周囲を歩くのは、大部分がこれから海外に出ようという人だ。Tシャツやハーフパンツといった軽装の人が多く、皆すでにカウンターに荷物を預けているため身軽である。家族連れもカップルも女性のグループも皆どこか高揚した顔をしていて、しかめ面《つら》の人はいない。ただ一人、目の前で眉をひそめる菜々香を除いては。

「……二週間なんて、聞いてない」

菜々香は不満そうに言う。

「二週間じゃないって。行き帰りにそれぞれ二日ずつかかるから二週間になるだけ。むこうにいるのは十日」

わざわざ細かく弁解するのも面倒なので、適当にそう言うことにする。それから、少しは機嫌をとっておいた方がいいかと思い直して訊いてみた。「お土産何がいい？　マプトでも時間あるし、ヨハネスブルグにも」

「いらない」

菜々香は小さな声で遮り、そのまま黙ってしまう。その態度に、微妙にいらついた。

「何？　不満？」

少し強く言うと、菜々香は体を硬くして俯き、首を振った。

こいつは時々こういうふうに面倒なのだ。そう思うと、機嫌をとるのが本当に面倒臭くなってきた。このまま向かいあっている必要もないな、と思ったところで、タイミングよくアナウンスが流れてくれる。——南アフリカ航空より、御出発のお客様に御案内いたします。香港経由ヨハネスブルグ行きSA7139便は、ただいまより搭乗手続を——

「もう出発だから。行くね」

簡単にそう言って背を向ける。歩き出してすぐに振り返ったが、菜々香の方もさっさと歩き出している。彼女は時折、ああいう子供っぽいやり方で不満を表すことがある。面倒臭いが、土産ぐらいは買ってきてやろうと思った。

それと、もう一つ。菜々香が言葉少なになる時は、だいたい何か隠し事があるのだ。帰国したら、そのあたりを問いただす必要がありそうだった。

＊

つきあい始めて数日後の夕方、僕はどうやら日課になったらしい「途中まで自転車を押して一緒に帰る」ことを実行するため、校門のところに自転車を置き、入谷さんを待っていた。待っている間、僕は入谷さんを入谷さんと呼び続けることの是非について考えていた。さん付けというのはいかにも他人行儀であるし、彼女には菜々香という可愛らしい名前があるのだ。彼氏としてはそう呼ぶべきではないか。彼女は、いつまでも他人行儀に入谷さんと呼ばれることに物足りなさを感じているのではないか。しかし呼び方を変えるタイミングが摑めないし、呼び方を変える時の作法も分からない。いきなり変えたら何事かと思われるだろうが、「菜々香って呼んでいい？」と訊くのも何か恰好悪い。だいたい下の名前で呼び捨てにするというのは礼儀という点でどうなのだろう。まだつきあい始めなのに馴れ馴れしいとか、偉そうだとか思われるのではないだろうか。

そんなふうに悩んでいたら、背後から自転車が近づいてきているのに気付かなかった。唸りながら何度目かに姿勢を変えた僕は、すぐ後ろまで迫っていた自転車のブレーキ音に驚いて首をすぼめた。校舎から校門まではかなり傾斜のきつい坂になっているから、自転車通学の命知らずが減速せずに疾走してきたりするのである。

音のした方を振り返る。自転車に乗っていたのは柳瀬さんだった。

柳瀬さんは校門のところに立って唸っているのが僕だとは気付いていなかったようで、両手でブレーキを握ったまま目を見開いていた。

こんなところで顔を合わせるとは思っていなかったので、僕はしばらく柳瀬さんの顔を見つめた後、しまったと思った。すいませんとだけ言って道をあければよかったのに、しっかり目を合わせたせいで何か喋らなくてはならなくなった。だが、久しぶりのこの人に何を言っていいのか分からない。

僕がどうしようかと思いながら見ていると、柳瀬さんはふっと力を抜いて表情を緩《ゆる》めた。僕は彼女の言葉を待った。

柳瀬さんはなかなか口を開かなかったが、やがて、ちょっと坂の上を振り返り、それから穏やかな笑顔を僕に向けた。「誰か、待ってるの？」

落ち着いてはいるが、あまり聞き取りやすくない大人しい声だった。普段の彼女の話し方とあまりに違うので僕は一瞬うろたえたが、すぐに頷いた。「一緒に帰る……約束を、しているので」

柳瀬さんにはきちんと報告しておくべきかもしれない。僕は予想外にもつれる舌を意図的にはっきりと動かして言った。「入谷さんと、つきあってます」

柳瀬さんの表情は変わらなかった。彼女は穏やかに微笑んだまま、大人しい声で言った。

「……そうなんだ」

それから続けて何か言いかけたようだった。しかし柳瀬さんは結局、何も言わずに口を閉じ、すっとむこうを向いてペダルに足を乗せた。「じゃ、ね」

僕は慌ててその背中に何か言おうと思ったが、言うことを思いつかなかった。何か他に、柳瀬さんに言うべきことがあっただろうか。話したいことは？　いずれも見つからない。そうしているうちに、彼女は自転車を動かし、道に出ていってしまった。

僕は門の外に目をやり、それから今しがた柳瀬さんがいた空間を見て、何か話ぐらいすればよかったな、と思った。普通に言葉を交わすだけなら何の問題もないはずなのだ。

しかし、柳瀬さんの雰囲気が何か違ったのだ。急に話しにくい人になってしまった。喋り方も違った。なんだか柳瀬さんではなく、よく知らないただの先輩のようだった。

このまま疎遠になるのだろうか。僕は肩を落として溜め息をついたのだが。

「何だい今のは。随分と他人行儀だね」

聞き慣れた、しかしこの場で聞くはずのない声がいきなり背後からして、僕は跳び上がりかけた。振り返ると、門扉の陰から伊神《いがみ》さんの長身がぬっと現れた。半袖のシャツにきっちりとネクタイをしめた営業マンのごときスタイルである。

「伊神さん」何をしにきたんですか、と訊こうとしたが、その前に。「隠れて聞いてたんですか？」

「聞こえてきたから隠れただけだよ。隠れて聞いてたわけじゃない」

同じだ。「この時間に、学校に何か用ですか？」

「いや、君に会えるかと思ってね」

「は？」

「ちょっと訊いておきたいことがあったんだよね。君、彼女ができたの？　さっき『入谷さん』って言ってたよね？」

「あ……はい」ごまかすこともないだろう。僕は正直に言った。「映研の入谷さんです。まあ、その、この間から」

やましいことではないはずなのだが、なんだか自分の部屋を公開するような恥ずかしさがあり、意味もなく頭を掻いたりしてしまう。

「映研……ああ、入谷菜々香、か」

「知ってますか？」

「間接的にね。一つ上に入谷羽美《うみ》という人がいて、文芸部にもちょくちょく顔を出してたからね。本業は吹奏楽部なんだけど君、覚えてない？　気に入られてたようだけど」

「ああ、そういえば」

言われて思い出した。吹奏楽部に遊びにくるＯＧの中に頭を撫でてくる人がいて、その人もたしか入谷さんといった。わざわざ美術部を覗いて、人の頭を撫でて帰る変な人だった。「じゃあ、ええと……入谷羽美さんは入谷菜々香の、お姉さんだったんですか？」

「いや、ただの親戚だと言ってたよ。まあ、そういうことならいいや」

「はあ」いい、とは何だ。「……ええと、用っていうのは」

「もう済んだよ。君がつきあってるのが誰なのか、確かめにきただけだから」

「はい？」

伊神さんの用は本当に「もう済んだ」らしく、さっさと校門を出てしまう。声をかける暇もなかった。

僕は首をかしげた。どうして伊神さんが、わざわざ来たのだろう。

僕に彼女ができたことを柳瀬さんが知ったのはついさっきだ。だとすれば伊神さんは、入谷菜々香から入谷羽美、というルートでそれを知ったのだろう。だがそうだとして、伊神さんがそれを確かめにくる理由が分からない。僕が誰とつきあっているかなんて、伊神さんにとってはどうでもいいことのはずだが。

追いすがって尋ねても答えてくれないことは分かっている。僕はしばらくの間、腕を組んで考えていた。なんだか釈然としない。

しかし、待っていた入谷さんがやってくると、すぐにそれどころではない状況になった。明日は映研の活動が休みだからどこかで遊ぼうと誘われた。つまり「デート」である。

「デート」という単語はまともに口に出すとこっぱずかしい単語のベストテンに入ると思う。他に言い方はないのかと思うがないのだから仕方がない。昔は「ランデブー」などという、お前ら人工衛星かとつっこみたくなる単語が使われていたこともあるそうだから、それよりはましだろう。とにかく僕は明日の「デート」を控え、例によって自室で悩んでいた。

何を着ていったらよいのか分からないのである。明日は別に高級レストランに行くわけでもなければ槍ヶ岳《やりがたけ》に登るわけでもなく、ただ単に地元でなんとなく遊ぼうというだけの話なのだから普通の装備でいいはずなのだが、その「普通の装備」が何なのか分からないのである。あまり気合いを入れて雑誌に出てくるそのままのような服装で登場するのもおかしいし（そもそもそんな服を持っていないし）、かといってたまに妹と遊びにいく時のような完全なる普段着というのは相手に失礼な気がする。友人のミノが言うには、デートの時は行く場所と用件に相応《ふさわ》しく、なおかつ、ちょっとだけいつもより気を遣っています、ということをふとした瞬間に相手が気付くような恰好をしなくてはならないのだそうだ。なんとも難しい注文である。たいして数もない中から服を選び始めて一時間。洋服箪笥《だんす》の引き出しを上から下まですべて全開にしても、僕はまだ悩んでいた。

「普通でいいんだってば」僕のベッドに寝転がって漫画を読んでいた妹がページをめくる手を止め、何度目かになる台詞を言う。

夕食後、例によって部屋にこもった僕を不審に思ったらしく、妹が部屋に入ってきた。明日何か用事を言いつけるつもりでもあったのか、妹は僕が明日デートだと言うと最初はなぜか「困ったことをしてくれた」という顔をしたが、すぐに笑顔に変わり、相談に乗ってくれた。もっとも、最初は僕を着せ替え人形にして楽しんでいた彼女も、一時間が経過した今ではいいかげん疲れたと見え、「つきあいきれん」という顔でベッドのヘッドボードにかかとを乗せ、漫画を読んでいる。

「でも普通にしようとすると、本当に普通になっちゃうよ？　お前や友達と遊びにいく時と同じになるよ」

「それでいいんだって。そこらへんで普通に遊ぶだけでしょ？」

妹に言われて唸る。確かに、せっかくだから東京まで出て、と言う僕に対し、入谷さんは「地元の方が気楽でいいと思う」と言ったのである。僕が気張りすぎないように気を遣ってくれたのかもしれなかった。

「でも、やっぱりいつもと違うようなものを。……あ、やっぱりこのジャケットを」

「それ暑いよ。絶対」

「やっぱり買いにいけばよかった。亜理紗《ありさ》、この辺でまだ開いてる店は」

「ないよそんなの」

僕は一通り唸ってから、そうだ、柳瀬さんと二人で出かけたことはあったのだからその時の恰好を基準にすればよいのではないか、と思いついた。しかし、それならばこれとこれで、と途中まで選んだ時点で、自分がひどくいけないことをしているような気がして動けなくなった。

なんとなく溜め息が出て、床に座ってベッドに背を預ける。妹はヘッドボードから足を下ろしてごろりと転がると、うつ伏せのまま手を伸ばして床のシャツをつまみ上げた。「これでいいよ。清潔ならそれでいいんだと思うけど?」

妹に言われ、そうだそれは気をつけないと、と思った。ついでに訊いてみた。「亜理紗、女の人から見て、デートの時にされると嫌なことって何?」

「私に訊くな」妹は自分が女性でないかのような言い方をしたが、それでも一応は考えてくれるらしく、仰向《あおむ》けになって腕を組んだ。「……特になさそう。目の前で万引きされたら嫌かも」

「するわけないだろ」

「道にゴミ捨てるとか、唾吐《つばは》くとか」

「やんないよ」

「そういうことしなければ、それでいいけど」

「そんなのでいいの？　優しいねお前」

なぜか枕をぶつけられた。

どうも妹は寛容すぎて当てにならないので、僕は椅子に座ってパソコンを起動し、ネットで調べてみることにした。「デート時の注意点」を検索するとやたらとたくさんのページがヒットし、大量の注意事項、禁止事項、必要事項、特記事項が出てきた。いわく、レディファーストをさりげなく実践しなければならない。道を歩く時は車道側を歩かなければならない。会話では「基本的に」聞き役に回らなければならない。行き先は彼女の意見を尊重し、なおかつ主体性のない男と思われないように「適度に」リードしなければならない。話す時は早口にならないよう注意せねばならないし、相手の目を見ず、鼻先あたりに視線を置かなければならない。自分の嫌いなものの話題は印象を悪くするので避けなければならない。移動時間三対遊び時間七の黄金比を守らなければならない。自分の好きなものの話題は相手がついていけないと困るので避けなければならない。その他。その他。検索しているうちに暗澹《あんたん》たる気分になってきた。これを全部そつなくこなせる人間ならローマ皇帝のエスコートだってできるのではないか。それとも世の彼氏という生き物は皆、このくらいのことは当然にできているのだろうか。

妹はしばらくの間、僕の肩越しに画面を見ていたが、唸っている僕を見ると、呆《あき》れ顔になって出ていってしまった。

家を出る前にもう一度洗面所の鏡で確認することにした。血色良好。鼻毛なし。寝癖、完全に沈黙。念のため掌《てのひら》の中に息を吐いてみる。口臭なし。いきなり髪型を変えて彼女の前に現れるわけにもいかないのだし、もう、これ以上はどうしようもない。

意を決して玄関に出る。妹に言われたことを思い出して靴が汚れていないかも確認した。大丈夫なようだ。

念のため靴紐を締め直していると、寝起きそのものの恰好で妹が出てきた。振り返り、行ってくる、とだけ言う。

妹は軽く頷くと、首の後ろを掻きながら言った。「昨日、話してたことだけど」

「ん」

「あんまりいろいろ気にして、びくびくしてない方がいいと思う。おどおどしてる人って恰好悪い」

「……ああ、うん」

「それだけ。お母さんには遅くなるかも、って言っておくから、楽しんできてね」

妹はそう言うと、さっさと僕に背中を向けて部屋に戻っていってしまった。昨夜は呆れ顔をしていたが、あの後もいろいろ考えてくれていたらしい。

玄関を出てすぐ妹にメールを送った。「遅くなりそうだったらメールする。ありがとう」。

返信はすぐに来た。「(*^-^)b」。

とはいえ、初めてのデートである。ランデブーである。僕は人工衛星のドッキング作業をする宇宙飛行士並に細心に動いたつもりだったが、結果を見る限り、どうもそれはどちらかというと裏目に出たようだ。僕は、遅刻は厳禁であるからと予定より二十五分ほど早めに出て、電車はいつ止まるか分からないから待ち合わせ場所である市の中心駅まで自転車で飛ばしたのだが、午前中とはいえ真夏のこと、自宅から三駅分の距離を自転車で走り抜けた僕は、着いた時にはだらだら汗をかいていた。ゆっくり漕《こ》いでも遅れるはずのない時間なのに我ながら何を焦っていたのか分からない。待ち合わせ場所に行ったら男が汗だくで待っていた、ということになると気持ち悪かろうと思い、必死で汗を拭《ぬぐ》ったが、拭っても拭っても汗は出てきて、この時の僕は「きょろきょろと周囲を気にしながら必死の形相で汗を拭い続ける男」という、第三者から見たらまことに気味悪いであろう人間になっていた。

入谷さんは待ち合わせの五分前に現れた。到着してからずっと汗を拭きながら周囲を睥睨《へいげい》していた僕はなぜか後ろから来た彼女に気付かず、つんつん、と背中をつつかれた時は「何奴《なにやつ》?・」とでも台詞のつけられそうな振り向き方をしてしまった。

振り向くと、フリル付きの涼しげなワンピースで、ピアノの鍵盤をあしらった可愛いトートバッグを肩にかけた入谷さんが微笑んでいた。撮影の時はジーンズにボストンバッグという出立《いでた》ちだったから今の彼女は新鮮に映り、「夏の妖精」という恥ずかしい単語が脳裏をかすめたほどだった。僕は思わず小声で「可愛い」と呟いたが、入谷さんにはしっかりと聞こえていたらしく、彼女は「ありがと」と言って笑った。なるほど「行く場所と用件に相応しく、なおかつ、ちょっとだけいつもより気を遣っています、ということをふとした瞬間に相手が気付くような恰好」というのはこういうものをいうのだ、と僕は感心した。

午前中はまず彼女の浴衣を買いにいった。そういえば今週末には近くの港で花火大会があって、その日の会場付近は地元のカップルが一組残らず出てきたのではないかと疑うほどカップルだらけになり、もはや花火の大会ではなくカップルの大会だと言ってよい様相になるのだった。僕たちもカップルなのだから棄権するわけにはいかなかったが、僕は彼女を誘うタイミングを摑めずに困った。あまりに困っていたので、店員さんを交えて商品を選んでいた際、「差し支《つか》えなければこちらの違う色のものをお見せいただきたいのですが」と言って店員さんをぎょっとさせた。彼女の反応は見ていない。ミノが「店員に対して横柄な態度をとって彼女に嫌われる男も多い」と言っていたのをとっさに思い出したせいだったが、もちろんそれはミノのせいではなかった。

買い物をしているとわりと早く時間が過ぎるものらしく、浴衣一式を買って店を出るともう昼になっていた。日差しは強く、風もなく、駅前のビル街は尽きることなく湧《わ》く車の排気ガスでなんとなくくすんでいる。入谷さんはハンカチで額を押さえたりしていたが、あれやこれやと悩んでいる僕には暑さが分からなかった。

こうなるのではないか、と薄々考えていたことではあったが、僕の立居振舞いは洗練とは程遠かった。待ち合わせの時は汗だくだったし、店員さんにはぎょっとされた。並んで歩いている今だって彼女との間には妙に距離があるし、あまり会話が弾んでいないし、その原因は明らかに僕の方にあった。彼女はわりと気を遣っていろいろと話しかけてくれるのだが、どうも僕の受け答えに発展性がないらしく話題が続かないのである。今までのところ八対二くらいで彼女の方にばかり喋らせているなあ、と思うとまともな汗は出ず、冷や汗が出た。彼氏としてやるべきことはいろいろあるはずだった。楽しく会話をリードしなくてはいけないし、彼女の買い物袋をさりげなく持ってあげた方がよいかどうか判断しなくてはいけないし、今は車道側を歩かせてしまっている彼女の右側になんとか回り込まねばならなかった。なのに、どうにもうまくいかない。

「お昼、どうしようか」

入谷さんが言うと、僕の頭の中の「遂行すべきミッション」の欄に「彼女と一緒に入るのに適当な店を探す」という項目が加わった。

「映画は二時二十分からだから、今からゆっくり食べればちょうどいいと思うんだけど」入谷さんは携帯の時計表示を見て言う。僕の方はこの先のタイムスケジュールにまで頭が回っていなかった。

「うん。じゃあ、どこか適当に入ろう」

適当に、と口では言ったものの、僕の頭の中には「彼女と一緒に昼を食べる店」の選び方に関する注意事項がずらずらとリロードされている。牛丼屋やラーメン屋といった親爺臭い場所は禁止。ファミリーレストランのチェーン店などは芸がなさすぎるので禁止。ハンバーガー系統は彼女を安く見ていると思われかねないので禁止。とするとこの周辺の店は全部外れになるが即決できずに歩き回らせるのも禁物だったはずだ。どうしようと思った時に、目の前にパスタの店を見つけた。僕は心の中でヘウレーカ《見つけた》!(1)と叫んで彼女を振り返る。「入谷さん、パスタはどう?」

「あ、うん。好きだけど」おそらく僕がすごい形相をしていたためと思われるが、入谷さんは慌てて僕のシャツの裾《すそ》を摑んだ。「あの、そこはちょっと」

「あっ、まずい?」

「そうじゃないんだけど、友達がバイトしてるから」入谷さんは僕のシャツの裾を摑んだまま俯いた。「……恥ずかしい……です」

　なぜ丁寧語、という問いが僕の頭上にぽっ、と浮かんで消えた。

　会話がない。さっきから二人してメニューを覗き込んでいるだけである。

「……入谷さん、決まった?」

「……うん。これ。あ、でも辛いのかな。キーマカレーって、辛いやつだっけ?」

「どうだっけ。店員さんに訊いてみよう」

「うん」

「……あ、僕はこれにした。これも辛いのかな」

「葉山君、辛いの苦手?」

(1)「ユリーカ」「エウレカ」。当然、叫んだ後は全裸で往来を駆け回らねばならない。

「いや、そうでもないんだけど」

会話が続かない。

ほとんど脊髄反射《せきずいはんしゃ》で決めて入ったカレー専門店は昼時にふさわしい混み具合で、照明と窓からの陽光で明るい店内は、客の話し声が混ざりあって適当に賑《にぎ》やかだった。入店時にこっそりと見回した限りではカップルの客もそれなりにいたから、外れではないようだ。

しかし会話が続かなかった。朝ほど緊張してはいないはずなのだが、どうもうまく喋れない。なぜこうまで喋れないのかも分からない。これまでは誰かと二人で出かけても会話に困るということはそうなかったはずで、だからこそ余計に分からない。今までの僕は、誰かと二人の時、どうやって会話をしていたのだろう。

そうやって悩み始めてしまうとますます喋れない。これ以上沈黙していてはあまりに彼女が退屈、と思った僕は、オーダーを取りにきた店員が去ったのを見計らってポケットを探り、入っている物の感触を確かめた。

やっぱり今、渡すべきだろう。

僕は「小さなサプライズがあるとよい」というネット上のアドバイスに従って、妹が買ってきたのと同じストラップを持ってきていた。彼女が気に入った様子だったので、いつか機会があったら渡そうと思い、数日前にネットで探して買っておいたものである。

実のところ、昨日でも今朝でも、渡す機会はあった。しかしいざ渡そうとすると、僕の中の慎重派が「装飾品を送れば相手はそれをつけていなければならなくなるが、それは相手に悪くないか」「そもそもそういうものをつける趣味がなかったらどうするのか」「僕のものとお揃いというのはどうなのか」と騒ぎたてたため、結局渡せずじまいだったのだ。せめて今日の帰り際に渡そうと思っていたのだが、どうせなら沈黙打破のために今渡した方が有効活用できるというものだ。僕は決心した。「あの、実は」

僕がポケットからストラップを出しつつ身を乗り出すと、入谷さんは僕の斜め上を見て口を開いた。「辻さん」

彼女の視線を追って振り返ると、今しがたテーブルの脇を通り過ぎた人もこちらを振り返った。「あれっ、菜々香?」

遠慮も慎みもへったくれもない大声をあげたのは紛れもない、映研の辻さんだった。「びっくりした。菜々香、なんでここにいるの?」

こちらが訊きたい。しかし辻さんは向かいに座っている僕を見てまた素っ頓狂な声をあげた。「あれっ、葉山君。えっ、うそっ? これ、どういう組み合わせ? ほんと?」

本当でいいのでもう少し声を落としていただきたい。僕は首をすぼめたが、入谷さんは落ち着いていた。「辻さん、一人?」

「ううん、青砥《あおと》と一緒。これからライブ行くんだけど」辻さんは後ろのテーブルを振り返り、それから何かを思いついた様子で身を乗り出し、僕たちのテーブルに手をついた。「菜々香、マービン・〝ファッツ〟・アンダーソンって知ってる? トランペットの、アドリブがすっごい恰好いい人なんだけど、この人がね」

「辻。つーじ」

辻さんが後ろにいた連れの女の子に襟首を摑まれて引っぱられた。青砥さんというらしい連れの人は、辻さんとは対照的な落ち着いた声で言う。「辻。邪魔すんなってもう。行くよほら」

「あのね、そのファッツがね、もしかしたらそこらへん歩いてるかもしれないから捜してたの。菜々香、もし〝ファッツ〟って感じの人、見つけたら教えて」

「辻。ファッツは分かったから席戻んなさい席」

辻さんが引っぱられてゆく。僕と入谷さんはそれを見送り、今のは何だったのだろう、とお互いなんとなく首をかしげた。

ストラップを渡しそこねた僕は、とりあえずトイレに立つしかなかった。


トイレから出たところで、店を出るところであったらしい辻さんと青砥さんに行き会った。辻さんは開口一番「さっきは邪魔してごめん。もう邪魔しない」と言って両手を合わせた。

「いや、別に邪魔とかじゃなかったよ。ちょっとびっくりしただけ」

「私もびっくりした。まさか菜々香と葉山君って」辻さんはそこまで言うと、自分の言葉に自分で驚いた様子で目を見開き、早口になって僕に訊いた。「えっ、じゃ葉山君、柳瀬さんはどうしたの？　捨てられちゃったの？」

「いや、別にそういうのじゃ」なぜそうなる。「柳瀬さん、彼氏いるよ。もう」

「そうなんだ。つまんないの」辻さんは悲しそうな顔をした。「葉山君が柳瀬さんに使われてるの、面白かったのに」

「辻さん、ひどいね」

「あっ、ごめん」辻さんは正直者そのものの顔で慌てて弁解した。「ごめん。別にそんな、えと、あの、ね、反対とかじゃないから。おめでとう。頑張ってね」

「……ありがとう」辻さんとなら平気で喋れている自分を発見し、僕は苦笑してしまう。「まあ、ふられないように頑張るよ。さっきからあんまり喋れてないから、絶対退屈させてると思う」

「そんなに硬くならなくていいのに」青砥さんが微笑を浮かべて言った。「別に喋らなくたって、好きな人と一緒にいるのが楽しいんだから」

好きな人、と言われて少しどきりとする。本当に自分がそれなのだろうか、という気はまだしている。「……そうだといいんだけど」

「心配要らないって。あの子たぶん、前から葉山君のこと好きだったと思うよ？　言う機会がなかっただけで」青砥さんは少し声をひそめ、僕に耳打ちするように言った。「撮影の最終日、一緒だったでしょ？　あれだって私、あ、うまくやったな、って思ったもん。前の日の会議で『水着を持っていこう』みたいな話になった時、あの子もいたもん」

「そうなの？」

「そうだよ。あの子脚本だから、普通にやってたら接点ないもんね。なんとか葉山君と接点作ろうとして、いろいろ頑張ってたんだと思うよ」

「……そうなんだ」照れくさい。

「ま、だから優しくしてあげてね。いい子だから」青砥さんは僕の肩をぽんと叩いた。

僕は彼女に礼を言い、「がんばれー」と言って笑う辻さんに手を振ってテーブルに向かった。待たせるべきではないだろう。

入谷さんは僕が戻ると携帯をしまい、店の入口の方を見た。辻さんたちが出ていくところだった。

彼女の携帯にストラップその他がついていないことを確かめた僕は、あらためてポケットに手を入れてストラップを探った。「あのさ、実は」

突如、彼女のバッグの中で〈20世紀FOXのファンファーレ〉が鳴り響いた。入谷さんは「ごめん。メール」と言って携帯を出した。「辻さんからだった。『ファッツ見つけたら教えて』だって」

「……ああ、うん」僕はストラップを出しかけた姿勢のまま静止してしまい、もぞもぞとストラップをポケットに戻した。辻さん、邪魔しないってさっき言ったばかりなのに。

うまくいかない時は何をやってもうまくいかないものだ。映画館の暗がりの中で、僕は吐き気と闘いながらスクリーンそっちのけで悩んでいた。

僕も映画は好きだ。中心街からは少し離れた場所にあるミニシアターに、入谷さんの薦めるマニアックな作品を観にきたのもいい。チケットを買う際に生徒手帳を出し忘れて一般料金をとられそうになったのも、席に着いてから携帯の電源を切る彼女を見て両手にジュースとポップコーンを持ったまま慌てて真似をしようとしてジュースをこぼしたり（後で分かったことだが、入谷さんは映画館では一切飲み食いをせず、ひたすら観るタイプの人だった）したのは単に僕のミスであるし、半分くらい席の埋まっている館内でたまたま前の席に座った人の座高が怖ろしく高く、その後ろに座った僕が周囲を警戒するプレーリードッグのように伸び上がっているのを見て、笑いながら入谷さんが席の移動を提案したのもまあ、よくあることといえる。しかし、せっかく背をこごめて移動した席なのに、二つ離れたところに座った眼鏡のお兄さんが、映画が始まると同時に「今のカットはもう二十コマ長くしないと」だの「キャメラワークがなっていないね」だのと（何が「キャメラ」だ）、ぶつぶつと作品を批判し始めたのには閉口した。やめてくださいとは言えず、僕は彼女に聞こえていないか不安で仕方がなかった。

加えて観た作品そのものも僕の体質に合わなかった。内容の話ではなく、単に手持ちカメラの映像が続いて酔ってしまっただけである。背中を脂汗が伝う感触と横のお兄さんの批判に耐えながらひたすら座っていた僕は、上映開始一時間後についに耐えられなくなり、やむをえず入谷さんに詫びてトイレに立った。前を通る際、横のお兄さんが「上映中に立つなよ。こういう非常識なやつが日本ではまだ」云々と呟いたのが聞こえた。

ロビーに出たものの、もともと五、六人分しかスペースのないソファは大声で喋るおばちゃんたちに占領されていて座れない。入谷さんにはちょっと外の公園で休んでます、とメールを送って外に出た。映画館のある通りを少し歩いた角地には東屋《あずまや》とベンチがあり、ちょっとした公園のようになっているのを覚えていた。

暑くても、とにかく座って休みたかった。東屋の下のベンチに腰掛けて深呼吸をすると少し気分がよくなった。

しかし、一人になるとこれまでの不手際が次々と脳裏をよぎり、これまた憂鬱になってくる。朝、会った時点で僕はたぶん汗臭かったのではないか。店では挙動不審だったし、会話を盛り上げることもできていない。ストラップは渡していないし、あげくに映画館では酔って途中退場ときた。初めての「デート」であるから少しくらいはうまくいかないだろうと思っていたが、これほどまでとは思っていなかった。もはや、席に戻ったら彼女がいなかった、という事態も充分考えられる。入谷さんには随分とつまらない思いをさせただろう。申し訳ないことだ。

落ち込んだまま足元の蟻の行列を見ていると、後ろから声をかけられた。「大丈夫？」

振り返ると、入谷さんが心配そうな顔で僕の顔を覗き込んでいた。

「ごめん。手持ちカメラの揺れがすごくて、ちょっと」僕は手を上げて詫びた。「たいしたことないから。すぐ戻ろうと思ってたんだけど」

入谷さんは窺うように僕の顔を見ると、すっと離れ、横の水飲み場でハンカチを濡らして戻ってきた。隣に座って額に当ててくれる。心地よかったが、もはや退屈を通り越して足手まといになってしまっているな、と思うとますます気分が落ち込んだ。ありがとう、と言ってハンカチを借り、せめて自分で額に当てる。

生暖かい風が吹いた。日差しはまだ強く、東屋の外は照り返しで眩しいほどだ。

隣の入谷さんが、ぽつりと言った。「ごめんね」

あれ、と思って隣を見ると、入谷さんは俯き加減ですまなそうにしていた。

「ごめんね。葉山君、退屈してたよね？」

何を言いだすのだ、と思った。退屈していたのは彼女の方ではないのか。

しかし入谷さんは、俯き加減のまま続けた。「なんだか私が一方的に喋ってばかりだし、私の行きたいところばかり行ってるし」

「いや、あの」それはないだろう、と思うが、彼女は本気のようだ。

「葉山君、ずっと気を遣ってくれてたのに。私、変だったでしょ？　きょろきょろしたりして、いきなり携帯出したり」

「いや、待った待った待った」僕は慌てて手を振る。「それ言ったら、僕の方がずっと。最初から汗だくだったし、店で挙動不審だったし、話しかけてくれてるのに受け答えが変だったり」

「えっ、そんなこと」

「いや、すごい変だった。喋らないでもぞもぞしてたし、昼の店も適当に決めたし。絶対変だった」

「でも、私だって」

目が合った。

僕はもうここまできたらどうでもいいやという気になり、正直にすべて話してしまうことにする。「ごめん。正直に言って昨日からもうどうしていいか分からなくて。気の利いたこと言おうと思うと喋れなくなるし、服だってさんざん悩んで結局こんなんだし」

僕が自分のシャツをつまむと、入谷さんも同じようにワンピースの袖《そで》をつまんだ。「私もこんな、普通の恰好でいいのかなって思ったけど、あんまり頑張ってるのが分かると恥ずかしいし」

「いや、可愛いよそれ。最初見た時、なんか溜め息が出た」

「ほんと？　よかった」入谷さんは破顔した。「変じゃないかって心配だったの。今朝、鏡の前でずっと悩んでた」

「それ僕もやった。洗面所で」

入谷さんは髪に手をやる。「急いで髪とか変えてみようかって思ったりしたけど、いきなりそこまでするのも変かなって」

「そうそう。髪型まで変えてきたりしたら相手がびっくりするかもって思って」

「ネットで『デート時の注意点』みたいなの検索してみたりして」

「やったやった。僕なんか妹に訊いたりした」

「やっぱり？　やっちゃうよね」

「しかもそれやるとすごいいろいろ出てくるから、これ全部守らなきゃいけないのか、って」

「そう。変なのあるよね。『赤ちゃん言葉で甘えてみせることで、彼の保護本能が刺激されます』とか」

「僕は『歩く時は半歩前を行って、いつでも彼女を護《まも》れる、という状態にしておきましょう』

っていうの見た。何から護るんだろうね」

二人でひとしきり笑い、そういえば初めて盛り上がったな、と気付く。

「よかった」入谷さんがふっと力を抜いて言った。「今日、ずっとこのままだったらどうしようって思ってた。今まで、つまらなかったでしょ？」

それを聞いて、僕の体を締め付けていたものがほろりと崩れた。

……彼女も同じだったのだ。

「そんなことない。楽しかったよ」ちゃんと言わねばと思い、入谷さんの目を見る。「今もすごく、楽しい」

昨日見たマニュアルの中に「相手の目を見ず、鼻先あたりに視線を置かなければならない」という項目があった気がするが、それはもうどうでもよかった。


気力が回復した僕は彼女と二人、どうしようかと首を捻《ひね》ったものの、とりあえず映画館に戻って続きを観た。出る前と同じ席に着いたため僕の横には相変わらず作品の批判を続けているお兄さんがいたが、もうそれはどうでもよかった。彼女は心配してくれていたが、リラックスしたためか手持ちカメラに酔うことはもうなかった。加えて作品自体がなかなか面白かったので、映画館を出てから中心街に向かって歩く間、僕たちは映画の内容についてずっと喋っていた。さすがに映研部員だけあって、入谷さんは俳優や監督の名前をよく知っていたし、有名な映画監督にまつわる面白い話もしてくれた。

「結局あの二人、最後はどっちに行ったのかな？」

「どうだろう。途中が抜けてなければ分かったのかもしれないけど、どっちにも想像できるように作ってあるのかも」

「私、そういうの好きだな。何度も見たくなるし」

「前、ＤＶＤで似た感じの観たことがある気がするなあ。タイトル何だったっけ」

「私も観た気がする。あれだよね？　いろんな人の視点になるやつ」

「そう。中村靖日《なかむらやすひ》が足速いやつ」

「何だったっけ」

「何だったっけなあ」

最初の一時間と最後の十五分間しか見ていない映画の話でもこれだけ盛り上がるなら、それまでの気まずさはいったい何だったのだろうと思う。しかし結局、雰囲気というのはその程度のものなのだろう。彼女が歩きながら携帯の時計を確認したのを見て、そうだ今、渡してしまおうと思って僕はポケットを探り、ストラップの感触を確かめた。「あのさ、実は」

ところが入谷さんが立ち止まった。またか、と思い、僕はポケットの中のストラップを摑んだままつんのめる。

「どうしたの？」

「ファッツ……」入谷さんが反対側の歩道を指さす。「かな？　あれ」

またファッツか。

彼女の指さした先を見ると、サングラスをかけた黒人のおじさんが、友人らしきドレッドヘアの男性と話しながら歩いていた。なるほど体型はファッツであるし、トランペットを吹きそうだ。

「ファッツかも」僕は入谷さんを見た。「どうする？　辻さんに」

「あ、うん」入谷さんはあたふたと携帯を操作し、耳に当てる。「……駄目。話し中みたい」

「ああ、残念」

入谷さんも残念そうに携帯をしまう。僕たち二人は立ち止まったまま、ファッツが遠ざかっていくのを見送った。

また邪魔されたなあ、と思い頭を掻いたが、今の僕には、今あらためて渡せばいいじゃないか、と考える余裕ができていた。僕はポケットからストラップを出した。「入谷さん、実は」

入谷さんはきょとんとして僕の手元を見ている。一瞬迷ったが、僕はストラップの入った紙袋を渡した。「プレゼントというか……ちょっとしたものなんだけど」

入谷さんは袋と僕の顔を見比べていたが、僕が「開けてみて」と言うと、戸惑いながらも袋を開けた。入っていたストラップを見てた彼女がぱっと笑顔になったのを確認し、ようやく僕は安心した。

「これ……くれるの？」

「うん。ネットで見つけたんだけど」

「ありがとう」

入谷さんは掌で慈《いつく》しむようにストラップを包み、大事そうにバッグにしまった。

とりあえず好評で何より、と思ったら、入谷さんは何やら唇を引き結んで俯いている。

「……どうしたの？」

「何でもないです」入谷さんはぶんぶんと首を振った。「ただ、嬉しくて、ちょっと。……ありがとう」

携帯のストラップ一つでそうまで喜んでくれるとは、なんて贈り甲斐のある人なんだろう。再び彼女と並んで歩き出して、僕はようやく自覚した。こんな可愛い彼女がいる自分は、どうやらとんでもなく恵まれているらしい。隣を歩く入谷さんを横目で見て、この人は本当に可愛いなと再確認し、幸せな気持ちになった。

リラックスした僕はそれと同時に、彼女の歩く姿に違和感を覚えた。映画館を出るまでと何かが違っている気がした。

言葉を交わしながらも、どこが違っているのかな、と、左隣を歩く彼女を観察する。

答えはすぐに出た。映画館を出てからはずっと僕が隣にいたのだから、荷物や服装を変えたわけがない。つまり、彼女はバッグと買い物袋を持つ手を変えただけなのだ。右肩にかけていたバッグを左に。買い物袋も左手に変えた。では、それはなぜか。

その理由はすぐに分かった。僕はちょっと緊張しながらも左手を伸ばし、彼女の右手を握った。彼女がすぐに握り返してきたので、正解だったと分かった。

〈熱いストーブの上に一分間手を載せていてごらん。まるで一時間ぐらいに感じられるだろう。可愛い女の子と一緒に一時間座っていてごらん。まるで一分間ぐらいにしか感じられないだろう。それが相対性というものだ。〉

この台詞を残したアインシュタインは、文学的にも天才だったのではないかと思う。実際に、一旦緊張がほぐれてしまうと僕の時間はどんどん加速した。今朝の時点では、僕は「時間が空いたらどこに誘えばいいか」が分からず、怖くて仕方がなかったのだが、現金なもので、今では何時まで一緒にいられるだろうか、などと考えている。

もしかしたら彼女もそうだったのかもしれない。歩きながら公園のステージで行われていた屋外ライブを見物し、雑貨屋を冷やかし、野良猫と遊んでいるだけで（入谷さんは猫の撫で方が異常なほどうまく、撫でられていた野良猫はマタタビでも嗅いだかのように変な声を出していた）いつの間にか日が落ちていた。どうせなら夕飯もどうかと僕が言うと彼女は笑顔で頷き、適当な店に入って食べ終わった後も、僕たちはドリンクバーをお代わりしたりデザートを頼んだりして、いつまでもぐずぐずしていた。もう帰らなきゃ、とはどちらも言いださなかったし、僕同様彼女の方も、無理して時計から意識をそらそうとしているように見えた。

それでもさすがに午後九時を回ると、あまり遅くまでつきあわせるのは悪い、という常識が僕の中で自己主張を始めた。男なら「遅くなるから」の一言で済ませられるような場合でも、女の子だと親に怒られたりするのだ。

僕は自転車で来ている。最初は駅で別れるつもりだったが、店を出て駅の入口のところまで来たら、話しながらどちらからともなく立ち止まってしまった。立ち止まったまま、僕たちは話し続けた。「――もしかしたら声の高さとかが関係あるのかも。うちのお母さんも、高い声出すと猫が寄ってくるの。お父さんが呼ぶと逃げるのに」

「僕も逃げられる方かも。女の人の声の方が警戒されないのかもね」

「声、作るしね。うちのお母さんとか、電話出ると声が別人だもん」

「それ、うちもそう。なんか、ある年代以上の女の人って電話だと声、すごく作るよね。自然にああなるのかな」

「かけてきたのが家族だと分かると、いきなり普段の声に戻るよね」

Aという話題の終わりからBという話題へ。Bという話題の途中に出てきた単語に反応してCという話題へ。話しながら一瞬だけ冷静になった僕は、これではいつまで経っても話が終わらないな、と思った。帰らないといけないのに、とも思ったが、それを言いだすタイミングが摑めない。結局、よく考えないまま「もう少しくらいなら話していてもいいだろう」と判断し、話し続けた。

駅舎から出てくる人。中へ入る人。急ぎ足で通り過ぎる無数の他人の動きを無視したまま、僕たちは向かいあい、話し続けた。僕は話しながらちらりと、駅舎の正面についている時計に視線を走らせた。午後九時半を過ぎていた。どうしようかと思ったが、彼女は時計などどうでもいい、といった様子で喋っている。「――初めて聞いた。そういう言い方するの?」

「たぶん慣用句だと思う。むこうの言い方で『彼女は緑の手を持っている』みたいな感じで言うんだろうね」僕はそこで言葉を切り、今度は腕時計を見た。「入谷さん、時間……」

「そういえば、うちのおばあちゃんも」

続けて言いかけた入谷さんは、言うべき言葉を突然もぎ取られたように沈黙した。

「ごめん、時間大丈夫?」

僕が言うと、彼女は横目で素早く駅舎の時計を確かめ、すぐにまた視線を戻して沈黙する。僕もどう続けたらよいものか分からずに黙ってしまった。

入谷さんは俯き加減になって、また一瞬だけ駅舎の時計に視線を走らせた。「……ええと」

彼女が困ったようにもじもじしている。本音を言えば、僕だってもう少しぐずぐずしていたいところだ。

「家まで送ってく」僕は視線をそらし、意味なく改札口の方を見ながら言った。ここは素直に言うべきところだと思った。「もうちょっと、一緒にいたいし」

俯き加減だった彼女は、ぱっと顔を上げて表情を輝かせた。「ありがと」

並んで駅構内へ歩き出し、その間黙っていた彼女は、改札を通るところでもう一度「ありがと」と言った。「……私も、もうちょっと、いたかったし」

慣れた彼氏ならもっとさりげなく、しかも彼女の負担にならないような言い方で「送っていくよ」と言うのかもしれない。そう思いながらも、とにかく僕は彼女と一緒に郊外に向かう、普段なら乗らない路線の電車に乗った。休日の下り電車は思ったよりも混んでいて、車内では話はできなかった。

　午後九時四十五分。もともと市の中心部からは離れた駅である上、ロータリーのない裏側の出口は驚くほど何もなく、暗かった。ひと気がなく、車も通らず、街灯の明かりが等間隔で並ぶ大通りはひっそりと静まり返っている。どうやら、送っていく、と言って正解のようだ。

　歩き出した彼女の横に並び、手を握る。初めてでないからか、それとも暗さのためか、それほど勇気はいらなかった。

　道は静かだったが、二人ともあまり喋らなかった。僕は彼女の家など知らなかったから、彼女の歩くに任せた。まっすぐに大通りを進み、どこまで行くのだろう、と思うころにようやく路地に入る。二人とも、なんとなく歩みが遅かった。

　おかしな話だ、と思った。これから先、二人でどこかに行く機会はいくらでもあるのに、なんだか二人とも、これまでぎこちなかった分を取り返さないと気がすまないみたいに、さよならを言うのを先延ばしにしようとしている。

　隣の彼女を見ると、彼女は携帯を出していた。僕の視線に気付き、彼女は顔を上げてちょっと笑った。「辻さんから。ファッツ、恰好よかったって」

「ああ」僕も笑った。今日はなんだか丸一日、ファッツの日だった。「昼間見たって教えた方がいいのかな」

「どうしよう。違う人だったかもしれないよね」

　彼女が街灯の下で立ち止まって携帯を操作し始めたので、僕も立ち止まって待った。

メールを送り終えたらしい彼女は、なぜかすぐに歩き出さずに僕を見た。「……ねえ、葉山君」

「何？」

「……ゆーくん、って呼んでいい？」

「お」小学校の頃以来の呼び方が唐突に復活したので、僕はなんとなく、自分の小学生時代を見られたような気がして恥ずかしさを覚えた。それでもとにかく頷くと、彼女もなぜか恥ずかしそうに目をそらした。

彼女は歩き出そうとしなかった。僕が見ていると、また目が合った。今度はどちらも目をそらさなかった。彼女がすっと近づいてきたので、僕は息を止めた。肩に手を添えられてどきりとした。

僕が目を閉じると、彼女のバッグの中で高らかに〈20世紀FOXのファンファーレ〉が鳴り響いた。

「あ」

「うわ」

彼女は慌てて僕から離れ、携帯を出してうなだれた。「……辻さん、ファッツと握手できたみたい」

「……それはよかった」

最後までファッツだなと思い、僕は苦笑した。僕はちょっと思いついて、彼女が返信メールを打っているうちに、彼女にメールを送っておいた。

携帯をしまった彼女は気まずそうに斜め下を見ていたが、すぐに顔を上げた。「また返信が来るかもしれないから、今のうち、ね」

えっ、と思っているうちに、彼女は素早く僕にキスした。それから僕の手を取った。「行こ」

顔中が熱くなっているのを自覚しながら、僕は彼女に手を引かれて歩いた。路地をまっすぐに進み、キリンの自動販売機のある角で彼女が立ち止まった。

彼女は僕の手を放し、自動販売機の陰からひょい、と角のむこうを覗いた。

「ここ曲がって、右側の四軒目がうちなの。ありがとう。……帰り道、分かる？」

家の前まで男と手をつないで帰って、親に見られたらまずいということだろう。時間が時間でもある。

「大丈夫。道、分かりやすかったし」

「迷ったら電話してね。……今日、楽しかった」

「僕も楽しかった。遅くまでごめんね」

「大丈夫。いっぱい謝るから」

彼女はこっそりしたいたずらを報告するようにそう言って、手を振った。長々とここに留まっているわけにはいかないので、僕はすぐ彼女に背を向けて歩き出した。角を曲がるところで振り返ると、彼女はまだ自動販売機のところに立っていて、手を振ったのが見えた。手を振り返し、少し早足になる。

腕時計を見ると十時二十分になっていた。今から帰る、と妹にメールすると、朝帰りでいいのに、という余計な返信がきた。

それに続いて、先刻入谷さんに送ったメールの返信もちゃんときた。

(from) 入谷菜々香
(sub) Re：僕も「菜々香」って呼んでいい？
いいよ。ゆーくん☆

携帯を閉じて、僕はふう、と息を吐いた。


校門付近に突っ立っているといろいろな人に会う。学校に出入りする人は全員校門を通るのだから、当たり前といえば当たり前である。入谷さんを「菜々香」と呼ぶようになった三日後、いつものように校門付近に突っ立って彼女が出てくるのを待っていた僕は、後ろからいきなり頭を撫でられた。「や。葉山くん、久しぶり」

撫でられながら振り返る。笑顔で僕の頭に手を伸ばしているのは、吹奏楽部OGの入谷羽美先輩だった。卒業して二年目になるが、まだ時折、吹奏楽部には顔を出しているらしい。

「お久しぶりです。……吹奏楽部、見にきたんですか？」

「まあね。それより葉山くん、誰、待ってたの？」

「えっ、いえ、ええと」答えたものかどうかと一瞬、悩んだが、彼女ができたことはすでに、わりといろいろな人に知られている。僕は照れくさいのをこらえて正直に言った。「……彼女を」

「相変わらず、ごまかしたりとか下手だね」先輩は笑い、僕に向かって身を乗り出した。「で、彼女って誰？」

「いや、まあ。入谷、菜々香……さん、なんですけど」親戚だと聞いているので、なんとなくすまないような気分になる。

「へえ」面白がるかと思ったら、先輩はなぜか鼻白んだ。「菜々香が、ね」

「入谷先輩、菜々香さんとは……」

「近所に住む親戚」先輩は遠くを見る目になった。「近所って言ったって、車で三十分かかるんだけどね。うちの親は『近いからちょうどいい』って言って、出かける時によく、私をあの子の家に置いてったから」

先輩の表情を見る限り、あまりいい思い出ではなさそうである。「じゃあ、小さい頃から？」

「一緒に遊んでたよ。まああの子、私の後についてきてばっかりだったけど」先輩はふふん、と笑った。

それから僕を見る。「あの子のことなら私、よく知ってるから。あの子のことで分からないことがあったら訊きにきてね」

「……ありがとうございます」

「あの子に飽きた時もおいで」先輩は笑って僕の頭をひと撫でし、じゃあね、と言って校門の外に消えた。

僕は傍らに停めた自転車のハンドルに手を置き、しばらく門の外を見ていた。正直なところ、「あの子のことで分からないこと」は、あったのだ。しかし、この場で尋ねることはできなかった。いつ本人が来るか分からないのだ。

そう思った途端に後ろから呼ばれた。「ゆーくん」

驚きのあまり背中に電気が流れたが、それを悟られないようにと注意しながら振り返る。

「や、お疲れ様」

僕は頑張って笑顔を作ったのだが、菜々香の表情は硬かった。

「……今の、羽美ちゃん？」

「ああ、うん。吹奏楽部に顔出した帰りだって言ってた」どうしても弁解する口調になってしまう。「僕も吹奏楽部手伝ったりしてたから、一応、顔見知りではあるんだけど」

菜々香は俯き加減でぼそりと言う。「……なんか、触ってた」

「あ……ええと、ごめん」謝ることでもないのだが。「なんかあの人、頭撫でてくるんだよね。吹奏楽部の後輩の人もやられてた」

「知ってる。あの人、昔からああだから」菜々香は自転車を押して歩き出した。「行こ」

しばらく無言で歩く。「並んで自転車を押す」のにはもう慣れているが、こんなふうに気まずい雰囲気になったことはなかった。

「あの人」菜々香がぽつりと言った。やや俯き加減で、前方を見たままだ。「……私のこと、何か言ってた？」

「うん。けっこう昔から、一緒に遊んでたって？」

菜々香は無言で頷く。それから、窺うように僕を横目で見た。「……それだけ？」

「うん」

「そう」

俯き加減だった彼女はそれで納得したのか、ふっと表情を緩めると、自転車のハンドルを持っていた手を伸ばして僕の肘《ひじ》をつついた。「ね、今日だけど」

「あ、うん」

午後七時半から港で花火大会がある。一緒に行くことが当然の了解事項になっていたからなのか、それともただ単に照れくさかっただけなのか、二人とも今日に至るまでそのことを話題にしなかったのだ。「花火大会、七時半からだけど。早めに行った方がいいよね」

「そうなんだけど」菜々香はブレーキを握って立ち止まった。「ごめん。その前にちょっと用事があるの。だからちょっと遅くなっていい？　七時……六時五十分くらいになると思うんだけど」

「うん。家の近くまで迎えにいこうか？」

そう言うと、上目遣いで申し訳なさそうにしていた彼女の表情がぱっと輝いた。「ありがとう。そしたら、うちに来てくれたら早いと思う。ちょっと歩くけど、バスがあるから」

バスは会場の最寄り駅までしかないはずで、最寄り駅から会場の中心まではそれなりに歩く。たぶん彼女は浴衣姿だろうから、大変かもしれないと思った。「ああ、それなら自転車で迎えにいくよ。バス停まで歩くより、会場まで乗っけてっちゃった方が早いでしょ？」

彼女の家はこの間のことで覚えている。自転車で行くには少し遠いが、行けないこともない。

「ほんと？　ありがと！」

彼女は跳び上がらんばかりにして喜んだ。そこまで喜ばれるとなぁ、と、逆に困ってしまい、僕は前を見た。すると、目の前を何か黒いものが横切った。

「あ」

「……どうしたの？」

「いや」僕は目の前を横切ったものを目で追った。「蝶だ」

「ほんとだ。綺麗」

横切ったのはアゲハチョウだった。黒地に鮮やかな青の帯の入った、アオスジアゲハというやつだ。アオスジアゲハは頼りなげにふらふらと羽ばたきながら、夕日に向かって高度を上げた。

アオスジアゲハを見送りながら、僕は言った。

「蝶って自分が昔、芋虫だった頃のこと覚えてるのかな？」

彼女は僕の方を見て、それから僕と同じように夕日の方を向いた。「……覚えてないと思う」

「じゃあ、芋虫の方はどうなのかな？　自分がいずれ蝶になるって知ってるのかな」

彼女はしばらく夕日を見たまま考え、それから僕を見て、提案するような調子で言った。

「知らないんじゃないのかな？　でも、ある日突然、蝶にならなきゃ、って気付く日が来るの」

「なるほど」僕は頷いた。「それで、蛹になるのにいい場所を探して悩んだり、着ていくものを決められなくて頭を抱えたりするんだ」

「たぶん、みんなそうだよ」彼女はくすりと笑った。「それで、気付かないうちに蝶になっちゃってるんだと思う」

＊

日本の一戸建ては狭い土地の周囲に高い塀を張りめぐらせて、敷地内が見えないようにしているものが多い。これでは、敷地内に侵入した人間をわざわざ隠してやっているようなものだ。そう考え、声をたてないよう気をつけながら口許《くちもと》を緩めてみる。すると、針金を持つ手の震えが少し大人しくなった。

ずっとやろうと思っていた侵入計画を、ついにこれから、実行に移す。

失敗する危険はないはずだった。彼女の家のことならよく知っている。この曜日のこの時間、両親がいないことも、塀の内側に入ってしまえば中で何をしても外からは見えないことも、勝手口のドアは錠がちゃちで、針金一つで開けられることも、知っている。

鍵穴につっこんでいる針金に手ごたえがあり、かたん、という音がかすかにした。ドアノブを捻ると、抵抗なく回った。かがめていた腰を少し伸ばして念のため周囲を窺い、見ている者がいないのを確かめる。

ノブを摑む手が少しだけ強張《こわば》ったが、それ以上の躊躇《ためら》いはなかった。見つかった時は見つかった時だ。何か適当な説明をして逃げるだけだ。靴を脱いで手に持ち、ドアを開けて体を滑り込ませる。

予想通り、中は薄暗く静まり返っている。彼女は六時十分に駅にいて、これから人と会う予定があると言っていたから、帰っては来ないだろう。両親はまだ当分帰らないはずだ。他に家族はいない。この家の犬は吠えない。頭の中でそう確かめ、荒くなりがちな呼吸を静めた。

彼女の部屋は二階の、階段を上ってすぐのところだ。一番日当たりのよい部屋で、出窓がついている。迷わずに階段を上がり、彼女の部屋のドアを開けた。他の部屋には何一つ用はない。

部屋に入り、見回す。床にうつぶせになっているくたびれたテディベアを始めとして、物はやや多い。しかし、基本的に普通の部屋である。置いてある物も皆落ち着いた色彩で、これが彼女の好みなのだと分かる。普段の彼女の趣味からすればもっと可愛らしいトーンになっていいはずなのだが、あれはどうやら「人に見せるための趣味」ということらしい。おそらくは、この部屋に男を上げたこともないのだろう。

周囲を見回す。なんとなく、彼女の匂いがする気がする。誰もいないのだからやりたい放題だ、という考えが一瞬頭をかすめたが、警察沙汰になるのはまずい、という理性と、誰かが帰ってくるかもしれない、という不安がそれを打ち消した。いただく物だけさっさといただいてさようならする。そう決めて、もう一度周囲を見回した。

＊

待ち合わせにはいくら早く行ってもいいが、訪問する場合はあまり早すぎると迷惑である。それは分かっているのだが、僕は夕方から気分が落ち着かないままで、結局、六時四十分には入谷家に到着してしまった。彼女の話によれば今日この時間は両親が家にいないとのことだったから、さっさと呼び鈴を鳴らせばいいのだが、もし手違いで彼女の親が出てきたらどうしよう、と思うとなかなか決心がつかない。家を間違えていないか、とも思い、表札の「入谷」を何度も確認し、不審人物と思われていないか、と不安になって周囲をきょろきょろする。むろん、そうした振舞いこそがまさに不審人物のそれである。

親が出てきたら堂々と「菜々香さんとおつきあいさせていただいてます」と言おう。そう決心して門の脇の呼び鈴を鳴らす。緊張して待っていると、庭に面した居間と思しき部屋のカーテンが動き、菜々香が顔を覗かせた。

窓が細く開き、彼女が言った。「ごめん、まだ着替えてるから。すぐ行くね」

カーテンの隙間から見えるのは顔だけだったが、どうも手で何か押さえているような様子なのでどきりとした。急いで目をそらす。「いいよ、ゆっくりで。ごめん、早く来すぎた」

窓が閉じられ、しばらくして玄関ドアが開く音がした。振り返ると、菜々香が笑顔で出てきた。

もともと色が白いこともあって、彼女は浴衣がよく似合っていた。編んだ髪に、腕に提げた籠巾着《かごきんちゃく》。後ろを向くと帯の結び目の形がこれまた可愛い。浴衣で動くことに慣れていないのか、ちょっと待って、今行く、と繰り返しつつおぼつかない動作で玄関を施錠している彼女の背中にいつの間にか見とれていた僕は、彼女が振り向く前に、と急いで表情を引き締めた。振り向いた彼女に言う。「可愛いね。すごく似合ってる」

彼女は手柄を自慢するように、満面の笑顔で言った。「ありがと」

座りやすいよう荷台にプチプチ(2)を巻いた自転車を見せると、彼女はにっこりと笑って荷台に座った。漕ぎ始めると、彼女が僕の腰に手を回してぎゅっとくっついてきた。彼女の体温を背中に感じながら僕は、周囲の人から見れば、今の自分たちは進路上に撒《ま》きびしを撒かれても文句が言えないほど幸福に見えているだろう、と思った。ちなみに、こういう二人乗りは道交法違反である。

浴衣姿の彼女を後ろに乗せて自転車で走る、というのはなんとなく誇らしく、正直なところ遠回りをしたいくらいだったが、僕はまっすぐ港に向かった。港に近づくにつれて浴衣姿が多くなり、港に近い駅の周りではすでに、会場に向かう人の流れができていた。交通整理に警官も出ている。僕は駅の裏に自転車を停め、彼女の手を引いて人の流れに加わり、そして途中で角を曲がって流れから離れた。

(2)「プチプチ®」は川上産業株式会社の商標。「気泡シート」または「気泡緩衝材」。

彼女が、怪訝そうな顔で僕を見た。「ゆーくん？」

「会場に入る前にちょっと、静かな場所に行こう」

彼女は何も答えなかったが、僕も何も付け加えずに歩いた。

路地を入ってすぐのところに公園がある。街灯が整備されているため明るかったが、人の流れとは完全に無関係な位置にあるため人影はなく、まるで花火大会の賑わいから隔絶された異空間のような公園である。僕は立ち止まり、彼女の手を放した。

「……さて」

他に人はいなかった。僕はすぐに切りだしたものかどうか悩んだが、このまま突っ立っていることはできない。言うことにした。「菜々香」

僕の声の調子のせいか、彼女は少し不安そうにこちらを見た。

「映画のタイトル、思い出したんだ」

一体何の話なのか、と彼女が考え始めるのが分かった。僕は彼女の反応を待たずに言った。

「この前、出かけた時、二人とも思い出せなかったやつ」

「……ああ、あの」

「『運命じゃない人』[3]」

この前の会話を思い出したらしい彼女の言葉にかぶせて言う。彼女の表情にまた不安の影が走ったのが分かった。

「彼氏と二人の時には口にしにくいタイトルかもしれない。君はかなり具体的に内容を覚えていたから、あの時は思い出しても言わないでいてくれたのかもしれないね」

別に彼女を不安にさせるのが目的ではない。僕は訊いた。「……僕に何をさせたかったの？」

彼女は動きを止め、こちらを見ている。

「もう少し具体的に言おうか。この前僕と出かけた時、携帯で誰と何の連絡を取りあっていたの？」彼女がまだ反応しないので、僕は付け加えた。「もう一つの方の携帯で」

僕がそう言うと、彼女は手に持った籠巾着に視線を落とし、それから、わけがわからない、という顔で言った。「ゆーくん？」

それを見て、予想していたこととはいえ僕は少し落ち込んだ。彼女はとぼけている。つまり、僕に対しては本気で隠さねばならないようなことをしているのだ。

「君が相手なら、大抵のことは許せる自信があるんだ」僕は彼女の目を見た。「だから話して」

僕がすでに大部分を了解していることは、これだけで伝わるはずだった。だが彼女はまだ何も言わなかった。視線がかすかに揺れ動いているから、迷っているのだろう。

「あの日僕はガチガチだったから、その時は気付かなかった。でも途中から、おかしいなって首をかしげるところがいくつも出てきたんだ。そう思って振り返ってみると、それまでにも少しずつ、不自然なところがあったのに気付いた。一つ一つは些細なことだけど、こんなに重なったら、ね」

（3）内田けんじ監督、PFFパートナーズ（ぴあ、日活、TBS、TOKYO FM、IMAGICA）提携作品。面白い。

彼女は目を見開いて僕を見ている。言い訳を考えているのだろうか、と思うと、少し苦い気分になる。

「まず、映画館を出た後だ。歩いていて、ファッツらしき人を見つけた」言い間違いがないよう、この間の記憶を再生しながらゆっくりと話すことにする。「君はその時、ちょうど携帯を出していて、ファッツを見ると辻さんに電話をかけた。そして『話し中みたい』と言って携帯をしまった」

僕は体の向きを変え、彼女に正対して話すことにした。

「これは不自然な行動だった。電話が話し中だったらまた後でかければいいし、何より普通はそういう時、通じないなら通じないで、メールだけでも送っておくものだよね」

一旦下を向いて、少し大きく息を吐いて呼吸を整える。吐く息が震えていて、自分がやはり緊張していたらしいと分かった。

「九時過ぎになって初めて辻さんから、メールで返信があるっていうのも変だった。僕たちがファッツを見つけて、君が電話をしたなら、辻さんの携帯には着信履歴が表示されるはずなんだ。それなのに辻さんは、君に対してあの時間まで全く返信をしなかった。受信したのがメールだというならまだ分かるけど、電話の着信で、しかも自ら『ファッツ見つけたら教えて』とメールしてきたはずの辻さんにしては不自然だ」

ここから先はまた、別の理由で話しにくい。だが、ここまできたなら中途半端で済ませることはできない。

「さらに決定的なことがある。あの時、君はいつの間にか携帯をいじっていて、辻さんからメールが来た、と言った。じゃあ、僕はどうして君の携帯にメールが来たことに気付かなかったんだろう？　その後にはすぐメールの着信音が聞こえて、びっくりしたのに。君の携帯は、着信音が鳴ったり鳴らなかったりするんだろうか？」

僕はポケットを探り、携帯を出して彼女に見せた。

「おかしいなと思ったから、僕は君が辻さんに返信メールを打っているうちに、君にメールを送信したんだ。『菜々香って呼んでいい？』ってメール、あれなんだけど。……君からはちゃんと、別れた後に返信が来たけど、それもおかしかった。僕から君の携帯に送ったメールが数秒で届くことは、クランクアップの日に分かってる。それならあの時僕が送ったメールだって君が辻さんに返信メールを打っている間に届いたはずなのに、着信音もなかった。メールの作成中にだって他のメールは受信するはずなんだ」

彼女はまだ何も言わない。

「だから、辻さんに確かめたんだ。ファッツのライブは確かに夜だったみたいだけど、君からの着信はなかった」

睨《にら》んでしまっているかもしれないと思い、僕は彼女から視線をそらした。また少し体を横に向けて、適当な街路樹を見ることにする。

「結論は一つしかない。君はあの日、僕にばれないようにもう一つ携帯を持っていた。つまり、着信音とバイブレータをオフにした『自分の携帯』と、〈20世紀ＦＯＸのファンファーレ〉が鳴る『もう一つの携帯』の二つを持っていたんだ」

花火大会ということでテンションが上がっている人がいるのか、どこかの路地で爆竹が鳴っている。

「ファッツを見つけた時、君が出していたのは『もう一つの携帯』の方だった。『もう一つの携帯』には辻さんの電話番号もアドレスも入っていない。とっさに携帯を使うべき状況になってしまった君はとりあえず電話をかけるふりをして、話し中だ、と言って切ってしまった」

これは完全にミスだ。たとえ「もう一つの携帯」に辻さんのアドレスが入っていなかったとしても、辻さんに送るふりをして適当なアドレスにメールを送ればよかったのだから。辻さんには届かなくても、届かなかったメールはただ返ってくるだけなのだから、外見上不自然にはならない。

「帰る途中のことはこうだ。路地に入った時、君は辻さんからメールを受け取ったんじゃなくて、『もう一つの携帯』で誰かにメールを送っていたんだ。そしてその返信がすぐにきた」

僕が気付いたのはその時だった。あわやというところでタイミングよくメールが鳴ったものだから、僕は思わず「辻さん、見ているのか」と思ったのだ。もちろんそんなことはなかったわけだが、しかし、それがメールに注意を向けるきっかけになった。

僕は自分の携帯を目の高さに持ち上げ、揺れているストラップを見る。「僕が渡したストラップを、すぐにつけずにバッグにしまったのもそのためだろ？　片方の携帯にストラップをつけてしまえば、もう片方を出せなくなってしまうからね」

鋭い人なら、どうしてすぐにつけないんだろう、と疑問に思うところなのだろうか？　僕は彼女が喜んでくれただけでもう舞い上がってしまっていた。

「……『もう一つの携帯』で、何をしていたの？」僕は再び彼女の方を見た。目をそらしたまま言うべきでない台詞もある。「それに帰り道、わざと歩いて帰ったのはどうして？」

彼女が口を開きかけたので、僕は続きを言わずに待った。だが、彼女は俯いただけだった。

僕はもう、すべて言うことにした。この分だと彼女は、最後まで何も話してくれないかもしれないな、と思った。

「駅を出たのが九時四十五分。君の家に着いたのが十時二十分。あの時はゆっくり歩いていたけど、それでも三十五分もかかるっていうのはそれなりの距離だ。あの日の朝、君はどうして駅まで自転車で来なかったの？」

ここまで話しても彼女が何も言わないなら、仕方がないと思った。ひと呼吸おいて結論を言う。

「つまり、君は僕と一緒に、家までの道を歩いて帰りたかった。そして歩いて通る間に、こっそり持った携帯で誰かと連絡を取りあう必要があった。どうして？」

彼女はまだ俯いている。なんとかして彼女の口から説明が聞きたかった僕は、続けて言った。

「何か事情があるんだよね？　話しにくい事情なのは分かるし……」僕は躊躇いを押しのけて続けた。「本命がいるのも知ってる。……出かけた日の昼に入ろうとしてやめた、あのパスタの店でバイトしてる人だろ？」

本当はこんなことを言いたくはなかったのだが、僕が黙っていたら永久に明らかにならないことも分かっていた。彼女はそこで初めて反応し、顔を上げた。

僕と一緒のところを友達に見られるのが恥ずかしいなら、地元よりは遠くに行きたがるだろうし、昼に入った店で辻さんを見つけて、自分から声をかけたりもしない。それなのに彼女があの店に入るのをやめたのは、僕と一緒にいるところを友達に見られたくなかったのではなく、あの店にいる特定の誰かに見られたくなかったということだ。

蝶の映像を探している時にネットで知った嫌な知識を思い出した。蛹になった芋虫のうち、蝶になれるのは半分以下なのだ。半数以上の個体は蛹のまま、羽化できずに死ぬ。

「……僕は君の彼氏としてではなくて、何かの役割をするために一緒にいただけだったんだね」

「私は……」

僕の言葉を押し返すように何かを言いかけた彼女は、突然言葉を切り、不審げに眉をひそめた。どうしたのだろうと思ったが、背後からざりざりという足音が近づいてきている。

近づいてくる足音に何か危険な響きを感じて振り返る。知らない男がこちらに向かって歩いてきていた。長身だが、ラグビー選手のようにがっしりとしている。そしてなぜか、僕たちがここにいるのを初めから知っていたかのようにまっすぐこちらに来る。

僕は警戒し、先に声をかけることにした。「何か、御用ですか?」

「ああ?」男が目をむいた。

「何か御用ですか」彼女を背中にかばい、男に向き直る。男は目をむいたままこちらに向かってきた。僕は毅然としているつもりだったが、声が震えているのが自分でも分かった。

『御用ですか』？」男の眉間《みけん》に皺《しわ》が寄っている。銃口を突きつけるかのように、僕の顔に視線を固定している。

襲われる、と思った。話が通じる状態ではないのも直感的に分かった。とっさにどうすべきか分からないが、男の態度から状況を理解した僕は、とにかく精一杯胸を張って言った。

「入谷さんの周りをうろうろしているのはあなたですね？　いいかげんにしないと、警察を呼びますよ」

男はこちらに憎悪の視線を向けたまま、大股で歩み寄ってくる。こうなったらせいぜい殴られて、そのかわり警察を呼んで事件にしてやる、と決め、僕はとにかくなるべく不良っぽく聞こえるように言った。「やるか？　来いよ、ストーカー野郎」

男が手を伸ばし、僕の胸倉をつかんだ。殴られる、と思った。

しかし殴られる衝撃は来なかった。かわりに男の方が悲鳴をあげてのけぞり、背中を押さえて地面に両膝をついた。男は続いて股間を蹴り上げられて呻《うめ》き声をあげ、両手を股に挟んで地面に転がった。

崩れ落ちた男の陰から、浴衣姿の女性が姿を現した。彼女は手にしていたスタンガンを腕にかけた籠巾着に入れると、男をうつ伏せにねじ伏せ、腕を取って締め上げた。

「ありがとうございます」この人おっかねえ、と内心で驚愕しながらも、僕は礼を言った。

「……柳瀬さん」

女性は男の腕を確実に固めていることを確認し、顔を上げた。珍しく髪を上げているし、いつもと違って浴衣姿だからすぐには分からなかったのだが、確かに柳瀬さんである。

「怪我《けが》は？」

「大丈夫です」

「そう」柳瀬さんが男の腕をあらためて締め上げると、男はまた悲鳴をあげた。

　この場に柳瀬さんが現れたことがよほど意外だったらしく、菜々香は言葉を失った様子で柳瀬さんを見ている。僕は彼女に言った。「僕が呼んだんだ」

　菜々香は、怖いものを見るような顔で僕を振り返る。

「君のしていることが分かったから、これまでのことをすべて話した。それで今夜、ここで君から話を聞くことにしたんだ。柳瀬さんにも、隠れて聞いてもらうことにした」男をねじ伏せている柳瀬さんを見下ろす。「スタンガンまで持ってくるとは思わなかったけど」

　花火大会の会場にはおそらく千人以上の浴衣姿の女性がいて、そのうちの数百人は籠巾着を持っているだろうが、中にあんなものを入れているのは柳瀬さん一人だろう。

「葉山くんの話の通りなら、今日がXデーかもしれないでしょ。備えあれば憂いなし」柳瀬さんは男をねじ伏せたまま顔を上げた。「で、この男どうしようか。警察？」

　突然、背後から男の声が聞こえた。「スタンガン[4]を使ったんなら、警察はやめておくんだね」

　声のした方を振り返り、僕と柳瀬さんは同時に驚いた声をあげた。「……伊神さん？」

　なぜ、この人がここに来るのだ。心当たりがない僕は柳瀬さんを見たが、柳瀬さんも僕を見ていた。彼女にも心当たりはないらしい。

しかし伊神さんの方は、自分がここにいるのは当然、という顔でこちらに歩いてくる。「その人は曾我部《そがべ》さんっていってね、僕の大学の先輩なんだ。処分は僕に任せてほしいんだけど」

大学の先輩、と言われて、柳瀬さんにねじ伏せられている男を見る。どうも金的がよほど的確に入ったようで、曾我部というらしいこの男はまだ呻いていた。

柳瀬さんが男の腕を締め直してから訊く。「先輩ってどういうことですか？　伊神さん、なんでここに」

「君たちは話の途中だろ？　曾我部さんは僕が引き取るから、話を続けていいよ。彼の教育が済んだらまた来て、事情を説明するから」

柳瀬さんと顔を見合わせる。不可解なところはあるが、伊神さんはきちんと説明してくれるつもりらしい。柳瀬さんは頷き、極《き》めていた腕を放して曾我部を伊神さんに引き渡した。伊神さんは曾我部に何事か囁《ささや》き、乱暴な手つきで立たせる。

「すぐ戻る。邪魔したね」

金的がまだ効いているらしく、中腰で歩く曾我部に肩を貸しながら、伊神さんは公園の外に出ていった。

柳瀬さんが浴衣の乱れを直しながら僕を見た。「どういうこと？　なんで伊神さんが出てくるの？」

（4）　携帯すると軽犯罪法一条二項違反。十八歳未満の所持を条例で禁止している地域もある。

「ある程度は想像がつきますけど……」

僕は曾我部と伊神さんが出ていった入口を見て、それから菜々香に視線を移した。彼女はまだ、状況が呑み込めない、という顔で公園の入口を見ている。

「……この間、伊神さんが学校に僕を訪ねてきたんです。用件を尋ねたら、僕がつきあっているのが誰なのか確かめにきた、と言っていました。たぶん、親戚の……入谷羽美先輩経由で、菜々香の事情を聞いていたんでしょう」

菜々香は僕の視線に気付き、怖れるような顔で口をつぐんでいる。僕は言った。「ストーカーに悩まされている、という事情を」

柳瀬さんも菜々香に視線を移した。

「君は以前から、曾我部というあの男につきまとわれて困っていた」僕は体を菜々香の方に向け、彼女の顔をまっすぐに見た。暗いため細かい表情までは見えなかったが、彼女が動揺しているのは分かった。「おそらく曾我部は、ただつきまとうだけでなく、君を独占しようとして、君に近づいてくる男に危害を加える、といったようなこともしていた」

さっきの曾我部は武器こそ持っていなかったようだが、あの体格で殴られれば相応の怪我はしていただろう。

「本命の人がいるのなら、君は追い詰められていたはずだ。このまま曾我部につきまとわれていたら、これから先、その人とつきあい始めたとしても、曾我部が邪魔をしてくる。そうなれば、その人に逃げられてしまうかもしれない。……君は、それだけは絶対に避けたかった。もしかしたら以前、そういうことがあったのかもしれないけど」

羽美先輩は、菜々香に本命がいる、という事情を知っていたのかもしれない。だとすれば以前、校門で会った時に、僕にそれを忠告しようとしてくれたのかもしれなかった。

「だから本命の人に近づく前に、囮《おとり》を一人、使うことにした。それが僕だ。一緒に出かけた日、君がメールを送ってたのは曾我部だよね？　君は曾我部を呼び出し、僕と一緒にいるところを見せて、曾我部に僕を襲わせるつもりだった。襲われた僕が怪我でもすれば、事件にできる。曾我部にはそれ相応の処分が下るし、君に対してしていたことも明るみに出るから、もう変なことをするわけにはいかなくなる。君は……」なぜか、言葉に詰まった。一度、呼吸をし直してから続ける。「君はそれを確かめてから、僕を捨てて本命のところに行けばいい。僕に対しては、自分のせいで迷惑をかけた、とか、いくらでも別れる理由が作れる」

もう少し柔らかい言い方をするべきなのかもしれなかった。場合によっては曾我部のつきまといは僕の想像以上で、菜々香がＤＶを受けていた可能性もあるのだ。彼女がもし、今なんとかしなければ自分は一生この男から逃れられない、という具合に思いつめていたのだとしたら、あまり責めるのは可哀想だ。

「だったら安心していい。もう曾我部は来ないから」

「まあね」柳瀬さんが口を尖らせた。「働いたのは私だけど」

「すいません」確かにそうだ。僕は頭を下げた。

僕が顔を上げると同時に、空がぱっと輝いた。ビルの陰に下半分を削られた形で、紫色の花火が連続して広がる。少し遅れてどどどん、と音が伝わってきた。

柳瀬さんが空を見上げ、始まっちゃった、と呟いた。それから菜々香に視線を戻し、はっきりとした発音で言う。「入谷菜々香。もう一つ、訊いておきたいんだけど」

しかし、柳瀬さんの言葉は背後から聞こえた声に遮られた。「ちょっと待った」

柳瀬さんは、「は?」と言って視線を彷徨《さまよ》わせる。今のは、伊神さんの声だ。

声がしたあたりの植え込みに目を凝《こ》らすと、木の陰から長身のシルエットが現れた。

「伊神さん、どうして……」

「いや、曾我部さんと一緒に、帰ったふりをして聞いてみようかと思ってね」伊神さんは暗がりから出てきて、さっきまで潜んでいた植え込みを顎《あご》で指した。

植え込みが動き、もう一つの人影がぬっと立ち上がった。曾我部である。

「……なんで、盗み聞きなんか」

「君たちが面白い感じで誤解をしているからさ」

「誤解?」

曾我部が出てきて、伊神さんの隣に並んだ。伊神さんは親指で彼を指し、言った。

「曾我部さんはストーカーなんかじゃない。れっきとした彼氏だよ。……ただし、入谷羽美の、ね」

伊神さんの背後で色とりどりの花火が連続して開き、乾いた音が響いた。

僕たちの視線が曾我部さんに集まったが、彼は菜々香一人をじっと見ていた。その曾我部さんに、伊神さんが囁く。「よく見てください。全然違うでしょう」

曾我部さんは伊神さんに頷いてみせ、それから僕に頭を下げた。「……すまん」

今更まっとうに謝られてもすぐには反応できない。僕がどう応じようか迷っていると、伊神さんが横から言った。「曾我部さんが君に絡んだのは、菜々香君のストーカーだからじゃない。彼女を入谷羽美と間違えたからだよ。で、曾我部さんは入谷羽美の浮気相手が君だと思って殴りかかった」

「えっ、ストーカーじゃないんですか？」柳瀬さんが慌てた様子で曾我部を見る。「えーと……私、電気流しちゃったんですけど」

「葉山君に殴りかかったのは事実でしょ。気にしなくていい」伊神さんが言った。

「そうですよね」柳瀬さんは簡単に納得した。

「すいません。てっきり僕は、菜々香のストーカーだと」

僕が頭を下げると、曾我部さんは両手を突き出して首を振った。「いや、いやいや。俺が悪かった。間違いだったんだから」

それを聞いた柳瀬さんが、疑わしげに曾我部さんを見る。「本当に間違えたんですか？」

僕は菜々香を見て、確かに変だ、と思った。一応、親戚だということもあって、菜々香と羽美先輩は体格や顔立ちが似ていないこともない。しかし、それはあくまで「似ていないこともない」という程度だ。曾我部さんは、自分の彼女を見間違えたのだろうか？

「まあ、間違えるのも無理はないけどね。曾我部さんは君たちがいちゃいちゃしているのを遠目に見ただけだし、もともと装いが普段と違うし、周囲は薄暗くもあった。入谷羽美の浮気を疑っているところにそれじゃ、ね」

「いちゃいちゃしてたの？」

「いえ、別にそうでは」柳瀬さんに冷たい目で見られ、僕は慌てて首を振る。

そもそも柳瀬さん、つっこむところが違うだろう。僕は伊神さんに訊いた。「それより、薄暗いとか遠いとかでよく見えなかったなら、どうしてそれが羽美先輩だと思ったんですか？尚更確信が持てなくなりませんか？」

「そりゃ、確信するさ」伊神さんは、当然という顔で言う。「男が門の呼び鈴を鳴らして、玄関が開いて、女性が浴衣姿で『お待たせ』っていう感じで出てきた。これじゃどう見たって、女性はその家の住人に見えるよ」

伊神さんの言葉の意味が分からず、僕は動けなくなった。ぽぽぽぽぽ、と軽い音が連続し、ビルの陰から少しだけ赤や黄色の輪が覗いた。

伊神さんは、宣言するようにはっきりと言った。「君はさっき菜々香君を迎えにいったんだろうけど、あの家は彼女の家じゃない。入谷羽美の家だよ」

「え？」ますます分からない。「あの家、って、だって」

羽美先輩の家は菜々香の家から車で三十分。先輩自身がそう言っていた。それにそもそも、あそこは確かに菜々香の家だったはずだ。道を間違えた覚えはないし、彼女だって……。

そこまで考え、僕はようやく事態を理解して菜々香を見た。彼女は俯いていた。

「……まさか」

「分かった？」

僕は頷き、伊神さんに言う。「僕はこの間、遅くなった時に菜々香を家まで送っていきました。歩きで行ったたし、道も分かりやすかったから、場所はすぐ覚えたんですけど……」

伊神さんが僕の言葉にかぶせて言う。「覚えさせられたんだろう。そこがあたかも入谷菜々香の家であるかのように。……実際には、あの家は入谷羽美の家だよ。入谷菜々香の家は市の反対側で、君の家の近くだ」

伊神さんと目が合う。その背後の空に黄色い花火が上がり、どん、という音が腹に響いた。

僕が菜々香の家だと思っていたのは、先輩の家だった。菜々香がそのように見せていた。

「……何のためにそんなことを？」

「想像はつくよ。菜々香君は、入谷羽美の家から出てきた。それはそのまま、入谷羽美の家に侵入していたということでしょ」

「侵入……」だとすると。僕は菜々香を見る。菜々香はまだ俯いている。「泥棒ですか？」

「おそらくはね。そして彼女は、アリバイを手に入れるつもりだったんだろう。『入谷菜々香は六時四十分には自宅にいて、そのあとはずっと僕と一緒だった』――今日の彼女がどこで何をしていたか、と問われたら、君はこう答えることになるからね」

周囲から歓声があがったと思ったら、だん、という大きな音が響いた。

「僕は六時二十分頃、入谷羽美と会ったんだけど」伊神さんは背後から続けて響く花火の音など全く意に介さない様子で言う。「その時に彼女が言ってたよ。入谷菜々香から『ある人から手紙を渡してくれと頼まれているが、会えるか』という連絡があったから、自宅の最寄り駅で彼女と会った、ってね。それが六時十分。おそらくその手紙は、入谷菜々香が六時十分に駅にいた、という証明のためにでっちあげたものだろうね。あの駅からまっすぐ帰ったならともかく、入谷羽美の家から入谷菜々香の本当の家までは、タクシーでどんなに急いだとしても三十分弱かかる。つまり彼女には、一旦入谷羽美の家に寄り、侵入して犯行を済ませ、自宅に戻って浴衣に着替えている時間はない、ということになる。君の証言を信じるなら、入谷羽美は、入谷菜々香には犯行は不可能だと考えざるを得ない」

「そうか……」

実際には、犯行は可能なのだ。最寄り駅から、僕が菜々香の家だと思っていた先輩の家までは徒歩で三十分程度。タクシーなら五分だろう。六時十五分に現場に着き、侵入して犯行を済ませ、そこでそのまま浴衣に着替えて僕を待つ——できないことではない。

それで、ようやく納得がいった。「デート」の日、彼女は僕に「自宅」まで来てもらいたかったのだ。だから駅まで自転車で行かなかったし、僕に送ってもらえるよう誘導した。そして今日の夕方も、「自宅」に迎えに来てもらえるよう僕を誘導した。迎えにいく、と言ったのは僕だが、そういえば彼女は「うちの近くからバスに乗った方が」云々と言っていたのではなかったか。「用事がある」と言ったのもそのためだろう。アリバイを手に入れるためには、先輩に会う時間に合わせて、その後、僕に会う時刻を正確に設定しなければならない。

彼女の「用事」は「先輩宅への侵入」だったわけだ。

考えてみれば、さっき家を訪ねた時の菜々香の行動はおかしかった。普通なら、着替えている最中にインターフォンが鳴ったらインターフォンで応答するはずで、浴衣を押さえて窓辺に出てきたりはしないだろう。彼女は来客が僕でない可能性を考え、他人の家のインターフォンで応答するのを避けたのだ。そして、彼女は出てきた時、玄関の鍵を閉めるだけにしてはけっこう長く時間をかけていた。その理由にも想像がついた。以前、伊神さんが教えてくれたのだが、鍵を使わずに施錠する方法として、「逆サムターン回し(5)」という簡単なやり方があるのだ。それを使っていたのだろう。

そう考えたら、彼女の行動の裏が見えてきた。ほぼ毎日、並んで「自転車を押して帰った」のも、彼女の家がそちらの方向であると印象付けるためだろう。

僕は自分の誤謬《ごびゅう》を再確認した。考えてみれば、僕をストーカー対策の囮にするとしても、僕とつきあっているという事実は本命には隠したいはずで、毎日、校門で待ち合わせなどしないだろう。それに、僕を囮にするつもりだったなら、「デート」の日の彼女の態度もおかしい。映画館から出る午後四時半過ぎまで、僕と彼女の間には距離があった。手も繋いでいなかった。

(5) サムターン(内側のドアノブにある、施錠するためのつまみ)に紐を引っかけたままドアを閉じ、外から紐を引っぱることで、鍵を使わずに施錠する方法。空き巣が侵入の事実に気付かれないようにするために行う。

これでは、つきあっているように見えないではないか。

僕は一瞬ほっとしたが、すぐに「ほっとするのは早い」と思い直した。「……それで、何を盗むつもりだったんですか？」

「たぶんもう盗んでるよ。見てみればいい」伊神さんはそう言いながら菜々香の手を取り、「ちょっとごめん」と言ってさっさと籠巾着を取り上げてしまった。動作があまりにさりげないので、取り上げられた菜々香は伊神さんが籠巾着を開いて中をあさりだすまで反応しなかった。

「あの、ちょっと」

「すぐ返すよ」慌てる菜々香にいいかげんな応答をしながら籠巾着の中を探り、ようやく本気で焦りだした彼女を肘で押しとどめた伊神さんは、籠巾着につっこんでいた手を引き抜いて言った。「どうやら、彼女が盗んだのはこれだね」

伊神さんが指でつまんでいるのは、パソコンのUSBメモリだった。確かにこれは、花火大会に持っていく籠巾着に入っているべき品物ではない。

「USBメモリ……いや、何かのデータを盗んだ、っていうことですか」

「入谷羽美のパソコンに、入谷菜々香にとって重要な何かのデータが入っていた、ということだよね。そのデータっていうのが何なのかは分からないけど」

伊神さんはそう言って菜々香に籠巾着を返す。菜々香は黙って籠巾着を受け取り、伊神さんの手にあるUSBメモリを取り返そうとはしなかった。

そして、俯いて言った。「……証拠です。羽美ちゃんの、浮気の」

「浮気？」

僕と柳瀬さんは理解できずに訊き返したが、伊神さんはそれだけで納得したらしく、「ああ、なるほど」と言い、USBメモリを菜々香に投げて返した。

「伊神さん、浮気っていうのは」

「それは曾我部さんに」言いかけた伊神さんは、ひょい、と僕の肩越しに視線をやった。「いや、していた本人に訊いた方が早いね」

振り返ると、普段着の女性が早足でこちらに近づいてきていた。すぐに分かった。入谷羽美先輩だ。伊神さんは僕の視線に応え、さっき呼んでおいた、と言った。

先輩は僕たちの近くに来て足を止めると、なぜか僕も伊神さんも無視した様子でどこかを睨んでいる。僕は彼女の視線の先を追い、先輩が見ているのが菜々香だと気付いた。

伊神さんが言う。「被害者なら心当たりがあるでしょう？　菜々香君があなたの家に侵入して、何のデータを盗《と》ったのか」

伊神さんの言葉に反応し、先輩は菜々香をきっと睨んで声を荒らげた。「菜々香」

菜々香はさっと俯き、体を強張らせた。

「ちょっとあんた、どういうこと」

大股で菜々香に詰め寄った先輩が、短く悲鳴をあげて体を引いた。見ると、柳瀬さんがスタンガンを持った右手を二人の間に突き出している。

「柳瀬」

先輩は柳瀬さんを睨んだが、柳瀬さんがスタンガンの火花を光らせると体をのけぞらせ、後ろに下がった。

「何すんの」

「先輩。暴力はなしですよ」先程曾我部さんを先制攻撃でKOした柳瀬さんが、無表情で言う。「どういうことなのか、話を聞くのが先です」

菜々香を見ると、彼女はまだ俯いて唇を引き結び、体を強張らせている。両手の拳を強く握っていて、その姿は犯罪者の黙秘というよりも、弱い動物がとる防御姿勢を連想させた。

握られた菜々香の拳は小刻みに震えている。怒りではなく、怖れのために震えているようだ。

妙だ、と思った。菜々香が先輩の家に侵入したというなら、菜々香は加害者のはずだ。それなのに、彼女の態度はまるで被害者のそれである。

僕は考えた。先輩が「菜々香」と呼んだ時の声色《こわいろ》。それに対してさっと俯いた菜々香の反応。そして、この防御姿勢。何かに似ている。そう、たとえばいつも叱られ、叩かれている子供に。

そう思った僕は、菜々香の傍に行き、囁いた。「菜々香」

菜々香は俯いたまま動かない。僕は続けた。「……もしかして、先輩に言いたいことがあるんじゃないの？　ずっと前から」

俯いたままではあったが、菜々香は目を見開き、僕を見た。僕は言った。「あるなら、今、言っちゃおうよ。僕も柳瀬さんも見ててあげるから」

菜々香の瞳が揺れる。視線が僕をとらえ、柳瀬さんに向いた。柳瀬さんは今ひとつ不満げではあったが、彼女に頷いてみせた。

彼女はしばらく俯いていたが、ぐっと拳に力を入れると、言った。

「……羽美ちゃんなんて、大嫌い」

先輩は最初の一瞬こそ驚いたように眉を上げたが、すぐにもとの顔に戻って菜々香を睨んだ。

菜々香は俯いたまま言う。「ずっと前から嫌いだった。羽美ちゃんは虐《いじ》めるし、命令ばかりするし、威張るし」

無言で菜々香に詰め寄ろうとした先輩は、柳瀬さんが光らせたスタンガンの火花に怯《ひる》んでまたも後退した。

「命令して、いっつも嫌な役ばかりやらせて、嫌って言うと怒るし、嫌な悪戯するし、私の物、借りるって言って返してくれないし、なのに大人の前ではいい子のふりして！　私、羽美ちゃんがうちに来るの嫌だった。ずっと、来なければいいのにって思ってた」菜々香はぱっと顔を上げ、拳で目元を拭ってから先輩を睨み返した。「もう命令しないでよ！　浮気の手伝いなんか私、したくない」

浮気、という単語にぎくりと反応して動きを止めた先輩に、菜々香が言いつのる。「モザンビークに何しに行ってたか、私が知らないとでも思ってたの？　サークルの人から杉山《すぎやま》さんの話だって聞いてるんだからね！」

「モザンビーク」

ぼそりとそう言った曾我部さんの方を向き、右手では先輩を指さして、菜々香は大声で言った。「気付いてなかったんですか？　この人、一年前からずっと浮気してます。サークルのOBの杉山さんって知ってますよね？　青年海外協力隊でモザンビークに行ってる人です」

曾我部さんの唇が「すぎやま」と動いたのが見えた。それから曾我部さんは、先輩をきっと睨んだ。「入谷、お前やっぱりまだ」

今度は先輩が硬くなる番だった。菜々香は大声で続ける。「この人休みになるたびにあなたに内緒でモザンビークまで行ってたんです。この間なんか二週間も。証拠だってあります。その間、あなたから来たメール、私が中継してたんです。あれだって嫌だったのに、すぐに送らないと怒るから、私、仕方なく……」

「メール……？」

僕の呟きに反応したのか、伊神さんが横から解説してくれた。

「モザンビークは携帯電話のメールサービスが利用できないんだろう。かといって、もともと杉山氏との関係を疑われていた入谷先輩は、曾我部さんからのメールを無視するわけにはいかなかった。曾我部さんだって、二週間もメールが返ってこなかったら、何かあったと思って直接、会いにきてしまうかもしれない。そうなったら困るからね」

「じゃあ、つまり……」

菜々香は二つの携帯を持っていた。そのうち一つは、先輩のものだったのだ。菜々香は先輩の携帯がメールを受信したら、それをパソコンに送るか何かの方法で先輩に転送する。そして、先輩から返信を受け取り、預かった携帯から相手に返す。「デート」の間、彼女が「もう一つの携帯」でしていたのは、おそらくそういう作業だ。先輩がそういうやり方を思いついたのは自分の携帯と菜々香の携帯が同機種だったためかもしれないが、そうでなくともこの人なら菜々香に命じていたかもしれない。もしそうなっていたら、菜々香はもっとはっきりと不審な行動をとることになっただろう。

「入谷」曾我部さんの声が震えている。

「ね、ちょっと待って」先輩は大慌てで曾我部さんに笑いかける。「待ってって。誤解だって。この子ちょっと」

「私、他にも証拠持ってます。さっき見つけました。羽美ちゃんのパソコンに写真がいっぱい入ってました。杉山さんと一緒の」

「菜々香」

「自業自得ですよ」菜々香を睨む先輩に、柳瀬さんが言い返した。

「すいません」菜々香は曾我部さんに頭を下げ、それからまた目元を拭った。「私、ずっと嫌で、言おうと思ってたんです」

「いや、俺も前から怪しいと思ってたんだ。よく教えてくれた」曾我部さんは肩をいからせて頷いた。「別れたって言うから俺は。……もう、こんな女知るか。モザンビークでもどこでも、勝手に行きやがれ」

そう言って踵《きびす》を返し、曾我部さんは憤然として歩き出した。その背中を先輩が追う。「ね、ちょっと待ってったら」

曾我部さんの腕を取って、ねえ聞いてよ、などと言いながら、先輩は一度だけこちらを振り返った。菜々香はその視線に怯んだようだったが、すぐに柳瀬さんが、先輩にも聞こえるよく通る声で菜々香に言った。「入谷先輩に何かされたら私に言いな。いろいろしてあげる」

菜々香は驚いた顔で柳瀬さんを見ている。僕は驚かなかった。この人にはもともと、こういうところがあるのだ。

後ろからは相変わらず、ぽんぽん、とのんびりした音が続いている。伊神さんは二人が去っていった方を見ていたが、やがて、やれやれという様子で首を振った。「浮気がばれないのは、相手も浮気している時だけだよ。……入谷先輩も甘いね」

「伊神さん、それじゃ、曾我部さんとは……」

「曾我部さんに泣きつかれたんだよ。彼女が浮気しているかもしれない。気になってしょうがない。入谷羽美と親しいならなんとか調べてくれないか、ってね」

「じゃ、それで僕のところに?」

「最初は浮気調査なんて、やるつもりはなかったんだよ。ただ、入谷先輩は君を気に入っていたからね。相手が君だったら面白いと思って」

どん、という音を聞いて、伊神さんは後ろの夜空を振り返った。

「僕は今日、入谷羽美を尋問するつもりで呼び出した。男と二人でこのあたりを歩けば、なんとなく人目を気にしているかどうかも分かるしね。……そしたら、当の曾我部さんから連絡が入ったんだよ。『男と二人で出ていくのを見たから、後をつける』ってね。おかしいと思ったから、入谷羽美と別れて曾我部さんを捜した」

「……曾我部さんが見たのは、僕と菜々香だったわけですよね」

「そう。ついでに言えば、曾我部さんは入谷羽美を花火大会に誘ったけど、『用事がある』と断られた。それで他の男と行くつもりかと疑って、急いで彼女の家に行って、監視していたらしいんだよね。入谷羽美の『用事』は僕と会うことだったんだから、曾我部さんが僕に一言、言ってくれりゃ、こんなことにはならなかったんだけど」

「普通はそういうの、伊神さんの方から断っておくものだと思いますけど……」

「別に必要ないと思ったんだよ。そうしたら曾我部さんが連絡してきた。何か勘違いしている、というのは分かってたけど、まさかいきなり君に殴りかかるとはね」

「……なるほど」やはり、僕はただ単に巻き添えをくっただけらしい。

「じゃ、僕は帰るよ」そう言いながら、伊神さんはもう歩き出してしまっている。「ただの痴話喧嘩だと思ってたら、予想外に面白くなった。やっぱり君が関わると違うよね」

「はあ」やっぱり地物は鮮度が違う、のような調子で言われても、反応に困る。

伊神さんが去ってゆくと、公園は静かになった。花火も小休止に入ったらしい。

やがて、柳瀬さんが溜め息とともに言った。「……そういうことだったのか」

それから急に表情を厳しくし、菜々香を見た。「入谷菜々香」

「……はい」いきなり強い調子で呼ばれ、菜々香は少し緊張した様子で応じる。

「一番訊きたいことをまだ訊いてないんだけど」柳瀬さんは携帯を出して、彼女に突きつけた。「私の携帯いじったのはあんただよね？」

僕はすっかり忘れていたのだが、そういえばその問題もあったのだ、と思い出した。携帯を出して菜々香に訊く。「僕の携帯も、だよね？」

菜々香は僕と柳瀬さんを見比べ、頭を下げた。「……はい。私がやりました」

彼女の後ろで、ツートンカラーの花火が続けて上がった。

「私はクランクアップの日、荷物の番をするついでに、柳瀬さんの携帯を操作して、設定を変えました。アドレス帳を操作して、登録されていたゆーくんのアドレスを私のものに変えたんです。ゆーくんの携帯も同じようにして、柳瀬さんの項目のアドレスを、私のものにしました」

僕は携帯を操作して、以前、受け取ったメールを表示させた。

(from) 柳瀬沙織
(sub) (件名なし)
いきなりで悪いんだけど、明日からはもう、普通に話したりできないかもしれません。

…………

発信者は確かに「柳瀬沙織」となっている。しかしこれは、実際には柳瀬さんの携帯ではなく、菜々香の携帯だった。僕はあの夜、柳瀬さんとメールのやりとりをしているつもりで、菜々香とやりとりをしていたのである。柳瀬さんの方も同様だっただろう。詳しく聞いてはいないが、おそらく柳瀬さんも僕と前後して、僕になりすました菜々香とやりとりをしていたはずである。

それでようやく、納得がいった。出かけた日、カレー専門店で会った青砥さんから聞いた話の意味が分かったのだ。

青砥さんは言っていた。菜々香はクランクアップの日、皆が水着を持ってくるのを知っていたはずだ、と。なのに彼女は持ってこなかった。青砥さんはそれを、僕と二人きりになるための作戦だと解釈していたが、現実にはそんなことはありえない。クランクアップの日に僕が水着を持ってこないことを、菜々香が予測できるはずがないからだ。

彼女が水着を持ってこなかった本当の目的は、荷物の番を買って出て、柳瀬さんと僕の携帯を操作することだった。携帯電話は通常、肌身離さず持っている。チャンスはそこしかなかっただろう。

現実には僕は荷物から離れず、彼女と一緒に荷物の番をしていたのだが、菜々香は確かにあの時、僕の携帯を借りて操作している。アドレスを交換するだけなのになぜ赤外線通信を使わないのかという点は、確かに疑問に思わないでもなかった。

菜々香の背後の空に能天気なハート形の花火が上がり、ぽん、という音がした。

彼女は真面目な顔で言った。「……ゆーくんは柳瀬さんの愛妾だって聞いたから」

「誰が誰の愛妾だって？」

「いや、まさか本当に、そんな」それまで衝撃的なことをえんえん話してきたはずの菜々香はそこで初めて慌て、弁解する口調になった。「塚原君がそういう言い方をしてただけで」

「やっぱり塚原君か」

「やだなあ、妾だなんて思っていないって」柳瀬さんは手を伸ばし、僕の顎の下を人差し指で撫でてきた。鳥肌がたったが、振り払うわけにもいかない。

「どういう関係なのかはよく分からなかったけど、とにかく柳瀬さんに捨てられた後なら、私とつきあってくれるかも、って思ったの」

『捨てられた』って何？」誰か僕と柳瀬さんを対等な関係だと思ってくれる人はいないのか。

「やだなあ、捨てたりしないってば」柳瀬さんは今度は僕の腕を取ってひっついてきた。「まあ確かに、四百年前に来世を約束した仲だけど」

「初耳です」

「そんな！　忘れたの？」柳瀬さんは泣きそうな顔になって僕を見る。「思い出してミハイル、すべてが燃えたフランス革命の夜、カサブランカの王宮で私たちは」

「カサブランカはモロッコです」ミハイルはロシア人名だ。「ついでにフランス革命は一七八九年ですからね」

形の歪んだハート形の花火が三つ続けて上がり、ぽぽぽ、と気の抜けた音をたてた。

そういえば菜々香は僕に告白してきた時、柳瀬さんとの関係は全く尋ねず、いきなり「私とつきあいませんか」と言ってきたのだ。事実はどうあれ僕が柳瀬さんの「愛妾」で通っているなら、柳瀬さんとつきあっているのかどうか、まず訊くのが普通だろう。

はあ、と大きく息をついて僕の腕から離れ、柳瀬さんは言った。「話は分かった。だいたいは葉山くんから聞いてたけどね」

メールのことに気付いたのは今日の夕方だった。菜々香の行動に不審なものを感じ、これまでのことを振り返って彼女の目的を推理しようとしていた僕は、メールの受信箱をさかのぼり、以前の柳瀬さんからのメールと比較して、例のメールの送り主が彼女でないことに気付いた。そしてそのことを柳瀬さんに伝え、事情を説明した。柳瀬さんにも思い当たることがあったらしく、彼女はすぐ納得し、私も行く、と言ってくれた。

「……私は、羽美ちゃんが怖かったんです」

再び俯き加減になって菜々香が言うと、柳瀬さんはまた真剣な顔になった。

「でも許せなかった。羽美ちゃんは昔から、いろんな人の彼氏を奪ってたし、私とつきあってるって知ったら、ゆーくんにだって」

菜々香はそこで言葉を切った。それで思い出した。校門で会った時に僕はなんとなく口説かれたが、すでに先輩には彼氏が二人いたということになる。

菜々香はおそらく犯行時まで、僕とつきあっていることを先輩に知られたくなかったのだ。知られれば邪魔をされるかもしれない。「デート」の日の昼、彼女が入りたがらなかった店にいたのは「本命の人」ではなく、おそらく僕と菜々香のことを先輩にばらしかねない、先輩の友達か何かだろう。

「それに、曾我部さんからのメールを見たら、黙ってられなかったんです。羽美ちゃんの浮気、誰かに言わなきゃって思って。……でも、羽美ちゃんは私しか浮気のこと、気付くはずがないって思ってるから。……だから、ばれたら私が疑われるから」

柳瀬さんは腰に手を当てた。「忍び込んだ人ん家《ち》で浴衣に着替える度胸があるなら、堂々とばらしちゃえばよかったのに」

「無理ですよ。怖さの質が違います」僕は言った。「ばらす度胸があるなら、そもそも協力を拒めてるはずです」

「最初は、サークルの人にばらしちゃおうと思ったんです。サークルの人とはちょっと話したことがあるだけですけど、杉山さんは人気あるみたいだったし、羽美ちゃんは彼氏をすぐ替えてたから、きっと周りの人にも恨まれてる、って思ったし。でも」菜々香は声のトーンを落とす。「私が暴露すれば、サークルの人は拍手してくれるかもしれない。でも、暴露した私を護ってはくれません」

「……それで、僕の証言が必要だった」僕は菜々香の台詞に続けて言った。「なんで僕だったの？」

「いろいろ、あったの。条件が」菜々香は、最低限、という音量で続けた。「羽美ちゃんが信用している人じゃなきゃ駄目だし、自然に家まで送ってくれて、迎えに来てくれる人。絶対、時間に遅れないで待っててくれる人……」

うっすらと褒められているらしい。僕は頭を搔く。

「そういう人を探したの。ううん」菜々香は俯いたままかぶりを振る。「本当は、探しなんかしなかった。私は、最初から……」

いきなりそう言われて、僕は急に息苦しさを覚えた。菜々香は拳を握って言った。

「前から、好きだったの。でも、柳瀬さんがいたし、ずっと勇気が出なくて、なのに」

菜々香はゆっくりと顔を上げた。僕を見て、疲れたように笑った。

「……アリバイ作りのためだから、って思ったら、すごく簡単に勇気が出ちゃったの」

その彼女の後ろに、黄色の花火が開いた。どん、と音がして、光の尾が長く垂れ下がる。

「でも、さっきので分かりました」菜々香は柳瀬さんの方を見た。「柳瀬さんも、ゆーくんも、私とは別の世界の人なんです。私みたいにずるをしないし、優しくて、勇気があって、他人のために、自分からどんどん行動を起こせる人なんです。私とは……」

彼女はもう一度、目元を拭った。それから無理に作ったような笑顔で僕と柳瀬さんを見た。

「御迷惑をおかけして、すいませんでした。それに、ありがとうございました。私は……」

少しだけ視線を落として躊躇い、言った。「……今日から、一人で帰ります」

どん、どん、と花火の音が続いている。彼女の背中が遠ざかってゆく。

その背中を見て、僕は考えた。何もこのまま、彼女を去らせてしまうことはないのではないか。たとえば追いかけて、後ろから抱きしめて、「過ぎたことはもういい。明日からも一緒に帰ろう」と言ったとしたら、彼女はどういう反応をするだろうか。去っていく彼女はこころもち歩みが遅いように見えるが、それを待っているのではないか。

考えたが、それだけだった。足は一歩も動かなかったし、動かす気が起こらないことを、僕は自分で分かっていた。

空がぱっと輝いて、ひときわ大きな音が街を揺らした。

「まったくもう、お人好しなんだから」僕の隣を歩く柳瀬さんが、頰を膨らませて言った。「葉山くん、利用されてたんだよ？　本当なら怒っていいのに」

「怒れませんよ。ああいう事情じゃ」

「だって、最初に曾我部さんが来た時から庇《かば》ってなかった？　曾我部さんがストーカーだったら何されてたか分かんなかったのに」

「でも、逃げるわけにもいかなかったし」僕は肩をすくめる。「柳瀬さんだって『何かされたら私に言いな』なんて」

「後輩の相談には、好き嫌いにかかわらず乗ることにしてるの」

柳瀬さんはつんとしているが、実際のところ、そう機嫌は悪くないようだ。僕もそういえば、妙に気分が軽い。なぜだろう。花火のせいだろうか。

「……そういえば柳瀬さん、七五三木先輩とは」

「はあ？」柳瀬さんは即答した。「私、ああいう小麦色って好きじゃないんだけど」

「あ、そうなんですか」そうだろうとは思っていたが、なんとなく安心した。

どん、と花火の音がした。音のした方を見てみるが、ビルの陰で何も見えなかった。

花火大会はそろそろ中盤だろう。音だけはずっと聞いていたから、もったいない、という気はしている。それに、そういえばたしか柳瀬さんも、最初の一発が上がったのを見て「始まっちゃった」と言っていた。花火が好きなのかもしれない。

柳瀬さんに視線を戻す。意外なことに、彼女は和装が似合っていた。浴衣と帯はよく合っているし、歩くとカラコロ鳴る下駄も可愛い。もっとも、籠巾着にスタンガンが入っていた以上、下駄にも何かが仕込んであるかもしれないし、帯に挿《さ》している扇子も鉄扇か何かである可能性があるのだが。

「……柳瀬さん、可愛いですね」

僕が言うと、柳瀬さんは目を丸くしてのけぞった。「……うん。可愛いけど」

「せっかくなので、花火、見ていきませんか?」

柳瀬さんの顔がほころんだ。「そうしよう」

「じゃ、終わっちゃう前によく見えるとこに行きましょう」僕は柳瀬さんの手を取った。柳瀬さんが「よっしゃ」と言って並んで歩き出したので、ちゃんと手を握ることにした。意外なことに、温かくて柔らかい手だった。

柳瀬さんは、僕の顔をじっと見ている。「……葉山くん、変わった?」

「そうですか?」変わったか、と訊かれても、以前がどうだったのかをよく覚えていない。

「だって」柳瀬さんは繋いだ手に視線を落とし、それからまた僕の顔を見た。「前はこんなことしてくれなかったし、それに『可愛い』とか、そんな」

そういえば、柳瀬さんの手を握ったことはこれまであっただろうか。よく覚えていない。

「なんか、女たらしっぽく……」柳瀬さんは急に早口になった。「私がいない間にあの子に何かされたの？　まさかこんな短期間で」

「いえ、別にそんな」

「ねえ、ちょっと何されたの？　まさか最後まで」

「ありませんって」僕は空を指さした。「あ、急がないとクライマックスですよ」

「うん。それはいいんだけどその前に訊きたいの。まさか」

「ないですってば」

行く手の空に火の尾が一つだけ上がり、蝶の形をした花火がぱっと広がって散った。

あとがき

お読みいただき、まことにありがとうございました。このあとがきから読んでいるという方も、本を開いていただきありがとうございました。著者の似鳥鶏です。この原稿は深夜に書いているのですが、さっきから家の外で言い争いをしている人がいるらしく、男女の怒声を聞きながら仕事をしています。雰囲気がやばくなってきたら警察を呼ぼうと思っているのですが、なにぶん聞こえてくる言葉が日本語でないのでどういう雰囲気でなぜ言い争っているのかさっぱり分かりません。シーバとかシェーナとか言っていて英語でも中国語でも韓国語でもなさそうなのですがあれ何語なんでしょうか。

私が住んでいるアパートの周辺は治安が今ひとつで、夜中に酔っ払いが暴れていたり女性の泣き叫ぶ声が聞こえてきたりということがよくあります。昼間に突然二人組の私服警官が訪ねてきて、

「ちょっと伺いたいんですがあそこの（後ろのアパートを指さす）あの部屋、昨夜×時頃に明

かりがついていたかどうか覚えてますか？」

「いえ、すいません。ちょっとそこまでは」

「いえいえ。まあ、そうですよね」

「何があったんですか？」

「いやあそれは（眉間に皺）お聞きにならない方が」

という会話をしたりもします。その他にも追い返したら逆ギレして「また来るよ！　仕事抜きでな！」と捨て台詞を残し外のゴミバケツを蹴倒して帰る荒くれ新聞拡張員とか、夜間に突然訪ねてきて「このアパートに引っ越すかもしれないので部屋の中を見せてくれないか」と不審な頼みごとをしつつ上がりこもうとし、こちらの体を撫《な》でさすって「営業」をかけてくる謎のコールガールとか、魑魅魍魎《ちみもうりょう》が跋扈《ばっこ》するエキサイティングな地域です。アパートの住人にしても、下の部屋の人はいつも雨戸を閉めている上、電気のメーターも止まっているので住んでいるのかいないのか分からないし、斜め下の人も単身者向けアパートなのに「どう見ても子供服」というものを干していたりして、怪しくなさそうなのは隣室のケニーさん（仮名）くらいです。もっとも、平日の昼間っから家にいる上に時折納豆臭く、スーツなどのきちんとした恰好で外出することがほとんどない私だって不審度では五十歩百歩なのでひとのことは言えないし、今のところ住環境に不満はありません。風呂釜から突然腐卵臭がしはじめたり天井に「雨が降るたびに増える謎のしみ」があるからといって特に嫌でもありません。壁にかけてあるカレンダーが風もないのに突然めくれあがったり、夜中に布団の中で目を開けると天井に血まみれの女がはりついていてこちらを見下ろしていたりもしますが別に困ってはいません。

　この間、夜中に目が覚めてしまって、いつものように天井にはりついている血まみれの女とにらめっこをしていたのですが、どうしてもお腹が減って眠れないので仕方なく炬燵《こたつ》を出し、カップラーメンを作って台所から戻ってみたらこの女、血まみれのままちゃっかり炬燵に入ってぬくぬくしていました。私がカップラーメンを食べ始めると物欲しげに見てくるので、仕方なく半分あげることにしました。

「ごめんねー。夜中のカップラーメンってなんかすごいおいしそうに見えるからさあ」

「いや、いいっすよ俺一人で全部食べると太るし」

「太るよねー。太るって分かってても食べちゃうよね。しかもそういう時に限ってやたらおいしくない？」

「おいしいっすよね。ていうかおいしいものに限って太りますよね」

「そうだよね。おいしいものって胃が荒れるとか吹出物出るとか、絶対何かしらトラップあるよね。あ、チャーシューもらっちゃった。ごめん」

「いや、いいっすよ。ていうか残り全部いいっすよ血が入っちゃってるし。まあ、二十五過ぎたら好き勝手に食った分だけきっちり太るから、我慢はしなくちゃいけませんよね」

「二十五ってターニングポイントだよね。あと睡眠不足もやばいよ」

「徹夜とかできなくなりますよね」

「うん。それもあるし、二十五過ぎると睡眠不足がすごい肌に出ない？　あ、男の人ってそういうの分かんないか」

「いや分かりますよ。目の下にくまとかできて、なんか全体的にくすんだ感じになりますよね」

「そう。肌荒れとかもそうなんだけどさあ、顔色が悪いってのがけっこう面倒臭いんだよね。一応『大丈夫？』って声かけてくれる人はいるんだけど、『すいません昨日あんまり寝てないんで』って答えると『眠れないの？』って変に心配されちゃって悪いんだよね」

「いや、でも心配してくれる人がいるって恵まれてますよ。ていうかその人、顔色悪いって気がついてくれるってことはけっこういつも見てくれてるんじゃないすか？　なんか微妙に気があるとかじゃ」

「いやあそれはないわ。ていうか既婚者なんだよね」

「ああ残念。恰好いい人っすか？」

「それなりかなあ。背、高いし。あ、ごめん今、汁飛んだ」

　カップラーメンの汁より、さっきから血がだらだら流れ続けで炬燵布団がどす黒く染まってきているのでそっちを気にしてほしいのですが、血まみれの女はそのあたりはどうでもいいらしく、食べながらひとしきり喋ってラーメンをスープまで全部飲み干すと「ごちそうさま」と手を合わせ、うんしょうんしょと壁をよじ登ってまた天井にはりついてしまいました。名前を聞こうと思ったのですが、どうも天井にはりついている間は喋りたくないのか、黙って目をむき出してこちらを見ているだけなので何という人なのか分かりません。仕方がないので、とりあえず暫定的に「依子《よりこ》さん」ということにします。

もっとも依子さんは深夜、布団の中で目が覚めた時にしかはりついていないので、生活の邪魔にはなっていません。私は夜、家に一人でいるのが苦手で、夜中に家鳴《やな》りがしたり窓が突然揺れたりすると怖くなってしまうので、依子さんが血まみれで天井にはりついていてくれる方が安心なわけです。生活に支障をきたすという点からすれば依子さんなんかより我が家に巣くう化け物たち、たとえばティ◯ァールの電気ケトルと炬燵をつけただけで部屋中を真っ暗にする妖怪〝ブレーカー落とし〟とか、何日か部屋に籠《こも》って原稿を書くと洗面所の鏡の中に現れる妖怪〝無精髭男〟とか、衣装ケースの隅に潜んでいて、取り出すとあたり一帯に防虫剤の臭いをふりまく妖怪〝買った覚えのないシャツ〟とかいった連中の方がよっぽど困りものです。

とはいえ、それらにしたって仕事に支障をきたすというほどではなく、今のところ仕事の方は順調に進んでおります。次刊は長編で、文化祭というか文化祭の準備のお話です。お祭りの話だからというわけでもないでしょうが、恋とか友情とかびっくりとか人間消失とか今回出番がなかった人とかこれまで名前だけしか出ていなくてようやく登場できた人とか、わりといろいろ出てきて盛りだくさんのお話になりました。

なんだか外の言い争いが絶叫交じりになってきました。大丈夫なんでしょうか。

今回の短編については、タイトルに関していろいろとお断りしておくべきことがあるようです。というより、私はタイトルをつける際、いろいろなところからうっすらとパクっているので、お断りしないとルール違反になる気がします。

もっとも、元ネタはすべて有名なものばかりです。表題作の「まもなく電車が出現します」

が駅のホームの電光掲示板のパクリであることは明らかかと思いますし、次の「シチュー皿の底は並行宇宙に繋がるか？」もSFの某名作からです。

三話目の「頭上の惨劇にご注意ください」は、もとは「事件は上から降ってくる」というタイトルだったのですが、なぜか編集K島氏がそれをど忘れし、

「えーとあの話、タイトル何でしたっけ。『頭上の惨劇にご注意ください』みたいなやつ」

「『事件は上から降ってくる』です。でもなんかそっちの方がインパクトあっていいですね。そっちにしちゃいましょう」

という流れになったためこうなりました。おそらくK島氏の頭の中で「まもなく電車が出現します」とごっちゃになっていたためと思われますが、怪我の功名というか棚からぼた餅というか、まあそういうものもたまにはあるようです。

四話目の「嫁と竜のどちらをとるか？」は別に何でもありませんが、作中に出てくる「機竜戦記メタリオン」は私の適当な創作であり、「ゾイド」とかガンダムシリーズの漫画原作者が児童買春で捕まったわけではない、ということを念のためお断りしておきます。どうでもいいことを書きますと私は子供の頃「ゾイド」に親しんだ世代であり（「ゾイド」はシリーズ化され四作も作られました）、小説版の『機動戦士ガンダム』（著・富野由悠季、イラスト・美樹本晴彦／角川書店）が最後驚きの展開になることも知っています。ですがロボットものというととりあえず『機動警察パトレイバー』（ゆうきまさみ／小学館）の後藤隊長が大好きです。ほんとどうでもいいですね。

最後の「今日から彼氏」は元ネタが西森博之先生の漫画『今日から俺は!!』(小学館)です。タイトルからというよりは、この作品の中に出てくる「今日からツッパリ」[1]という言葉が元ネタ、と申し上げた方が正確かと思います。まこと、タイトルの元ネタはどこにでも転がっているものでして、アート作品を元にしてみたり、聖書や心理学用語から引用してみたり、何でもできます。できすぎるあまり楽しくなってきてやたらとたくさん考えてしまい、どれがいいか分からなくなり、結局全部担当編集者に送って「どれがいいですか?」と訊いたりします。

その一方で、欧文タイトルについては毎回苦労しています。もしかしたらご存じでない方もいらっしゃるかもしれませんが、創元推理文庫の本は、日本人作家のものにも欧文タイトルがつけられています(本扉の次のページに注目)。邦題を直訳してあることもあれば全く違う調子になっていることもあり、たとえば米澤穂信先生の場合ですと『春期限定いちごタルト事件』は"THE SPECIAL STRAWBERRY TART CASE"なのに『さよなら妖精』は"THE SEVENTH HOPE"になっていたりして面白いのですが、実はこの英題は基本的に著者が考えなくてはならないものなのです。"MY LIFE AS MYSTERY"(『ぼくのミステリな日常』若竹七海)とか"THEY ALL LOVED YOU, MR. POE"(『だれもがポオを愛していた』平石貴樹)みたいに恰好よくつけられればいいのですが、あいにく私は外国語の素養が全くありません

(1) だんだんとんがっていっていつの間にかツッパリになっているのではなく、「今日から俺はツッパリだ!」と決め、ある日突然ツッパリ始めるやつのこと。そういえば、ツッパリという人種は見かけなくなった。

ません。英語力は高校英語の副読本の『黒猫』とか『イーノック・アーデン』でへたばる程度、第二外国語のハンガリー語にいたっては「Hol van a WC?《トイレはどこですか》」しか覚えていないという体たらくです。

ちなみにこれでもリーディングはまだましで、リスニング・スピーキングになるともっとひどいのです。私は前作の刊行後、ミステリの修業のため（嘘）インドに行っていたのですが、トランジットで数時間とどまった香港国際空港のスターバックスですら英語で注文ができず、インド入国前に帰りたくなったほどです。インドに入国してからもとにかく全く英語が通じず、両替に二時間かかるわ電車は乗り越すわでした。

関係ないことですがどうも外国で現地の人とコミュニケーションする時に最も大事なのは語学力でもボディ・ランゲージでもなく「勢い」のようです。インドでの移動は基本的に「オートリクシャー」という屋根付きオート三輪のタクシーだったのですが、運ちゃんたちは観光客相手だと誰一人としてメーターを使ってくれず、相場の二十倍くらいふっかけるのが普通になっています（もっとも、それでも日本のタクシーより安いのですが）。一応交渉はしてみるのですが、私はいつもメーターで出る正規料金の倍ぐらいぼったくられていました。一方、現地在住の友人Kは「メーター！」の一単語を連発するだけでメーターを使わせていました。バラーナシーで会った日本人のお姉さんは運ちゃんに対し「高い」「いらん」と関西弁でまくしたて、相場通りの料金で乗っていました。なるほどと思いました。だいたい行き先を告げる時だって「アイウォントトゥゴートゥ……」とかもぞもぞ言う必要はないのです。「ステーション！」

とはっきり言えばそれでいいのです。ですが私は、そのことを理解するまでに三日もかかってしまいました。

そんな私が英語で、詩情があってエスプリがきいていてきちんと韻《いん》を踏んでネイティヴの人が聞くとほう、と目を見開くような気のきいたタイトルをつけられるわけがありません（そこまでやらなくてもいいのかもしれませんが）。隣のケニーさん（仮名）につけてもらおうかとも思いましたがそんなことを頼めるほど親しくありません。以前話した時に英米文学科の出だと言っていた依子さんに頼もうかとも思いましたが、タイトルをつけてもらうためにはゲラを読んでもらわなければなりません。そうすると目の前で自分の書いたものを読まれることになるので非常に恥ずかしいし、かといって天井にはりついている間に読んでくださいと言うのは図々しい気がしてできないし、そもそも彼女に読んでもらうとゲラが血まみれになってしまうので、それをそのまま東京創元社に送り返すのは気がひけます。

そういうわけで結局誰にも頼めず、あとがきを書いている現時点でもまだ英題は決まっておりません。どうしたらいいでしょうか。

なんだか外にパトカーが来たようなので、取材という名の野次馬をするため、あとがきはここまでにします。私は血とかが苦手なので、刃傷沙汰になっていないことを祈ります。

まずお詫びと訂正を一つ。前作のあとがきで私は、ネコバスの脚を「十本」と書いてしまいました。間違いです。実物を見たことがある方はご存じかと思いますが、ネコバスの脚は十二本です（ちなみにあれはオスです）。ネコバスの皆様、失礼いたしました。

そして最後に大事なことを一つ。この本を上梓するにあたっては、様々な方にお力添えをいただきました。東京創元社の編集K島氏、I藤氏、校正さん及びtoi8先生、お世話になりました。toi8先生、初の漫画単行本(2)、刊行おめでとうございます。また取材のため、いろいろと奇妙な質問（「これで人を殴ったらどうなりますか？」等）に答えていただきました友人N巡査、アスカ氏、ウエマツ画材店様、ありがとうございました。デザイナー様、印刷・製本業者様、取次・書店様、あとはよろしくお願いいたします。

そして何より読者の皆様、本書を手に取ってくださり、まことにありがとうございました。本書が皆様に、お値段以上の楽しい時間を提供できますことを祈っております。

似鳥　鶏

http://nitadorikei.blog90.fc2.com/　（ブログ）
http://twitter.com/nitadorikei　（twitter）

（2）『惑星さんぽ』ワニマガジン社。

初出一覧

まもなく電車が出現します　〈ミステリーズ！　vol.34〉掲載
シチュー皿の底は並行宇宙に繋がるか？　書き下ろし
頭上の惨劇にご注意ください　書き下ろし
嫁と竜のどちらをとるか？　書き下ろし
今日から彼氏　書き下ろし

著者紹介 1981年千葉県生まれ。2006年，『理由あって冬に出る』で第16回鮎川哲也賞に佳作入選し，デビュー。著書に『さよならの次にくる〈卒業式編〉〈新学期編〉』『いわゆる天使の文化祭』『昨日まで不思議の校舎』『午後からはワニ日和』『戦力外捜査官』がある。

検　印
廃　止

まもなく電車が出現します

2011年5月31日　初版
2014年2月7日　7版

著者　似《にた》鳥《どり》　鶏《けい》

発行所　(株)東京創元社
代表者　長谷川晋一

162-0814/東京都新宿区新小川町1-5
電話　03・3268・8231-営業部
　　　03・3268・8204-編集部
URL　http://www.tsogen.co.jp
振替　00160—9—1565
モリモト印刷・本間製本

乱丁・落丁本は，ご面倒ですが小社までご送付ください。送料小社負担にてお取替えいたします。

ISBN978-4-488-47304-4　C0193